翼想本

翼想本

繪／Ooi Choon Liang
這一口，無價
轉角食光
CORNER KITCHEN

目錄

楔子

「沈琛，你長大之後想做什麼啊？」

我躺在空曠的草地上，一陣熟悉的女聲似乎從天外傳來。我茫然地眨眨眼，還沒回答，便聽到左側另一個稚嫩的聲音，很有氣勢地說——

「我想當魔法師！」

真是天真到無聊的回答，我轉頭看去，發現一個叼著狗尾草的孩童蹺著二郎腿，無比愜意地躺在我身邊。

不知道為什麼，我忽然覺得他有點眼熟。

「魔法師是不存在的……」

我道破這個殘酷的事實，同時無聊地猜測對方的反應——他到底會不會哭呢？

「是嗎……」出乎意料，這名看上去只有七、八歲的孩童，倒沒有在意這點，反而愁眉苦臉地自言自語，「那就不知道以後該做什麼啦……這可怎麼辦咧？」

除了魔法師就不知道別的了嗎……我猜也是。

我重新看向湛藍的天空，懶洋洋地說出一句近乎嘆息的話，「想不出就別想了，你長大以後自然就清楚了。」

「不，就算長大了，也不會清楚的。」孩子很篤定地說，「大人就喜歡騙人。」

「你怎麼知道？」

「因為你已經長大了，卻到現在也不明白啊……沈琛。」

聞言，我只覺得心臟猛地一抽，驚愕地看向那個躺在我身邊的孩童，終於明白自己為什麼覺得他眼熟了。

「沈琛！」

我驀然被這略帶不悅的斥喝驚醒，渾身是汗，茫然地看向站在臥室門口的父親。

「都十二點了，天天睡懶覺，你給我差不多一點！」

冷冷地說完這句，他也不等我回應，便轉身離開。過了一會，我便聽到家裡大門「砰」的一聲關上。

這就是他說早安的方式，不知道何時開始，我老爸會不時找我麻煩。

我躺在床上良久，心裡暗嘆——真是糟糕的早晨。

不……

已經是中午了，我根本沒有早晨。

第一章

我叫沈琛，我很沒勁

我叫沈琛，今年十九歲。

我不知道自己算是無業遊民，還是大學落榜生。之所以無法定義，是因為我一直在猶豫，到底是再考一次，還是直接去工作。

這一猶豫，就過了將近一年，並且變得越來越沒動力。我沒有去找工作，也沒有複習。

因為我並不喜歡念書，估計也不會喜歡工作。

這好像是一句廢話，因為喜歡念書或者喜歡工作的人，終究是少數。但事實上，這世界上還是很多人去念書、去工作了。

世界不會因為你的喜好而遷就你——除了你媽。

而父母終究會老去，遲早還是得自己捧著飯碗前進。

母親一如既往地寵溺到讓我厭煩的地步，父親則對我沒什麼指望，只是告訴我——這年頭餓不死人，你自己決定吧。

他說得很瀟脫，聽起來卻很頹廢，因為自三年前公司破產後，父親便再無從前的雄心壯志了。

但就如他說的，這年頭，餓不死人。即使破產了，家裡多少還是有些積蓄。

很多人說，年輕的時光是寶貴的，但在此刻的我看來，只有難熬而已。時間多到讓人覺得恐懼，也完全不知道這種空虛感什麼時候才會結束。我沒有太多的想法，什麼夢想啊、理想啊，對我來說都太過遙遠。

從小到大，在大人的眼裡，我最大的優點就是——不惹事。大人都喜歡不惹事的孩子，尤其是熊孩子遍地的時代，我小時候乖巧得簡直像個小天使——然而，小天使這個詞是給孩子用的。

長大之後才發現，小時候不惹事的，到最後往往都不太會做事。所以我只好開始學著做事、學著做家事，現在家裡大部分的飯菜都是我在準備。我並沒有多主動，卻也沒有多被動。因為身為一事無成的待業者，待在家裡只啃米自然會有一種無形的壓力。

父母或許不一定會說什麼，看你的眼神卻一定會變。即便他們不承認，終究還是會變一點點。

因此雖然沒有收入——但「家庭主婦」也勉強算是個職業了吧？

我開始習慣這種類似家庭主婦的生活方式，漸漸變得越來越不想出門。與社會脫節越久，我便越害怕走出去，因為我一定會發現，外面的世界再也不屬於我。

曾經的同學和朋友逐漸失去聯繫，並不僅僅是因為生活圈變得不同，而是我和他們都在有意無意地迴避。

對此我並沒有多少感傷，但確確實實地感受到了苦惱。

因為我發現自己正變得越來越淡漠。這本來沒什麼，但感覺到內心淡漠的同時，又隱隱察覺那淡漠中心的一團火，那一團火……燒得我煩躁不安。

我想要將那一團火去掉，卻不知道那火究竟是什麼。

況且，就算知道那團火是什麼，恐怕我也不一定有幹勁解決它。

「啊……沒勁。」

我躺在床上，茫然地瞪著潔白的天花板，莫名覺得自己就和天花板一樣，生活沒有目標，全是空白一片，人生永無止境地陷入一種乏味。

以前上學時沒感覺，但現在發覺連電影、動漫都不想看，玩遊戲也沒多少興趣的同時，卻偏偏沒有什麼別的想法……這是一件很痛苦的事。

我不懂這是不是叫無欲則剛，但我很明白，當感覺不到太多欲求的同時，也將感覺不到活著的樂趣。

當然，這種小煩惱，也到不了想死的地步。我現在不想死，卻也沒有特別想活。時常想，如果來一場洪水之類的天災，我會不會突然心血來潮就這麼放棄掙扎。這應該不算自殺，僅僅只是累了而已。

一陣鳥鳴聲從床邊的手機裡傳來，我回過頭，呆呆地看著那只手機。它有點舊，是爸爸買了新的後，將舊的給了我。我對這方面無所謂，手機這種東西能用就好、順手就好。

手機是舊貨，鈴聲也是一開始的預設狀態，沒有桌面背景，我甚至連上面的廣告軟體都懶得刪。

我翻了個身，不想去理。

不僅對手機無所謂，我就連是誰打電話來的也無所謂。父母要找我幾乎都是打家裡的電話，我也僅僅是出門才帶手機。當我人在家裡、接起手機時，十次裡有九次是推銷各種業務，剩下的一次……是打錯的。

這是一件很可笑的事，世界上明明有七十多億的人，和我有聯繫的卻少之又少。我不想去認識他們，他們也不想來認識我……不，應該說，這個世界根本就不知道我。

人是這世上數量最多、卻最為寂寞的群居動物。

不過我也說不上討厭寂寞，因為根本連逃離這個感覺的欲望都沒有。

我的日子已經很無聊了，不想再去應付更無聊的電話。

以多次長時間不接手機，最後被逼得不得不去接的經驗來看，一般來說都是這樣的——

如果是推銷，他會在打一到兩通電話後，換一個時間再繼續打，否則只會惹人不高興，不利於他推銷產品。

而不斷打過來的電話，就是純粹有人記錯新朋友的號碼了，還死腦筋地一個勁地打。因為很有可能他只有對方這麼一個聯繫方式，還不好好檢查打錯了沒有，只會在那裡傻傻地按重撥鍵。

重撥鍵的發明製造了方便，也製造了一部分不方便……雖然這個不方便，純粹是因為使用者的蠢。

手機鈴聲停止不到五秒，再次響了起來。

這是第三次了……

我有些憋悶地拿起手機，看著上面那組陌生的號碼，一直盯著它直到再次沉寂下去——

而後，手機鈴聲不顧我的心情，再次響起。

好吧，要嘛是把號碼按錯的蠢蛋，要嘛就是不會做業務的蠢蛋。

「喂？」我接起手機，準備和對方說「你打錯了」，或者「別再煩我，我還是學生」來打發對方。

出乎意料，裡面傳來一陣爽朗的笑聲。笑聲中帶著點讓人熟悉的沙啞，深沉的滄桑感傳遞著一股異樣的磁性，我卻有點記不起來。

「好久不見，阿琛。」

「呃……」我在腦海裡搜刮，一抹熟悉的影子隱約冒出，卻怎麼都沒有辦法把那個稱呼叫出來。

「喂喂喂……你連親叔叔的聲音都忘了啊？唔，你的聲音倒是變了不少啊……」

略帶詼諧的語調讓我的記憶一下子復甦，想起小時候那個一點大人架子都沒有、喜歡捉弄孩子的二叔沈堂。所有親戚中，他應該算是最不讓我討厭、並且有相當好感的親戚了。

唔……某種意義上還是很討厭的，某種意義上。

「呃，二叔好，好久不見了。」我有些尷尬，畢竟連親叔叔的聲音都沒認出來，多少有些不自在。但更多的是驚訝，因為我以為這輩子都見不到他了，「這麼多年，你去哪了？」

真的很久沒有見到他，少說也有十年了。

我二叔是個很叛逆的人，和爺爺、奶奶鬧翻後便出了家門，杳無音訊，連電話都沒有留下，甚至連爺爺、奶奶過世……我們也沒辦法通知他。至於當初為什麼離家出走，似乎是年紀大了還不願意成家之類的瑣事。

「……去了各式各樣的地方啦，今天晚上去你家吃飯時再說吧。我已經和你爸爸聯繫過了，那到時候見囉。」

說完，他也不等我回應，便掛了電話，似乎和以前一樣隨便。

我看了看手機上的時間，下午一點。

今天有客人來，把晚餐做得豐盛一點吧？好歹這麼久沒見了，不能弄得太隨便。

我從床上起身，走到廚房打開冰箱看了看，發現食材並不是很足。決定出去買一點的時候，我聽到門鎖打開的聲音，探出頭一看，發現一個微微發福的女人拎著兩個塑膠袋進來。她的臉色微紅，似乎拿這兩袋東西是個不小的負擔。

「媽，這麼早回來？」

「嗯，下午沒什麼事，就請了半天假。你二叔要過來，我多買了點菜。」母親進了屋子，先把塑膠袋放下，對我露出笑容，「難得熱鬧一下，家裡很久沒有客人了。今天我來煮晚餐，做你喜歡吃的燉雞啊……」

我低下頭，過去將她放在地上的塑膠袋提起，一邊走回廚房，一邊說：「……應該先照顧客人的口味吧。」

「都自己人，沒關係！」母親毫不在意，也許在她看來，這所謂的「熱鬧」，能夠讓自己的兒子打起一點精神才是首要。

感激嗎？

應該感激的。

但感激這種事本就是由心而發，並不會因為「應該」兩個字就自然而然地誕生。因為感受得多了，這感激的心情，不知何時反而淡了下來，甚至會漸漸感到一股膩味。

出於「應該」兩個字而感激，我做不到。如果做到了，更多的恐怕是一種作秀吧……

因此電視上一些人沒事在說什麼「做人應常懷感恩之心」時，我第一個反應就是轉臺。因為我覺得很尷尬，尷尬到全身起了雞皮疙瘩、需要拿掃帚掃的地步。

我不是說這些人虛偽，因為他們在很多情況下是真的認可這件事，從內心上也容易接受，或許反而能夠誕生出真正的責任心和感情來。

然而就像宗教一樣，信的人有，不信的人自然也有，所以像我這樣不認可這種「義務制情感」的人……

請別來噁心我，謝謝。

❀

我不知道歲月到底能把一個人變成什麼樣子，至少我就不明白自己這般下去會有什麼變化，可能僅僅是一直很無趣地生活下去……

而我唯一要做的就是──

保持呼吸，盡量不斷氣。

二叔的形象變了不少，不知道是不是單身的緣故，總覺得比同齡人要年輕一些。他很時髦地梳了一個馬尾，嘴角那一抹曾經讓我心驚膽顫的壞笑，依舊習慣性地掛在臉上；眼神依然乾淨，沒有上了年紀的混濁，看著我的臉，眼裡滿是意味深長。

「長這麼大了……嘖嘖，連表情都變了不少，像個男人。」二叔的口氣滿是感嘆，似乎對我很滿意。

「看起來像而已。」我爸瞥了我一眼，扯扯嘴角，用筷子虛點桌上的菜，「吃啊，怎麼不動筷？這桌上的菜不少是你侄子做的……他現在都快成家庭主婦……了。」

爸爸皺著眉頭瞥向在旁邊的我媽——看來媽媽在桌子底下踢了他一腳。

「哦，是嗎……」二叔若有所思地看我一眼，隨後揚眉一笑：「你爸和我說了很多有關你的事，有沒有興趣陪二叔出去玩一段時間？唔，也不完全是玩，算是請你替我打工？賺點零用錢怎麼樣？」

「……」這是一個很突兀的邀請，突兀到我一時愣住，不知道該做何反應。

雖然是血親，也已經十多年沒見了，我不知道他是怎麼想的，但對我來說，和這個人的關係真的生疏了不少。久違的一次見面，期望盡快恢復熟稔關係，比較熱情是可以理解的。

不過……我對這種邀請還是本能地產生抗拒。

「呃，再說吧，這段時間估計阿琛沒什麼心思……」母親看到我的樣子，便想要替我委婉地拒絕。

當我正要附和性地說上幾句時，我爸驀然開口了——

「……反正你沒什麼事，打打工換個心情吧。」

怎麼回事？

我轉過頭看向父親，卻見他正用心地吃著碗裡的食物，連看都不看我一眼。

雖然他說的並不是肯定句，但我知道這就是他已經拍板定案的意思。

我曾經因為類似的事情和父親翻臉。

在我不知情的情況下，他直接和爺爺、奶奶說了我會去看他們，而我毫不猶豫地拒絕——即使我其實沒什麼事。

我討厭別人替我做決定，即便我本身沒有決定的能力。

看來太久沒吵架，導致他忘了那件事吧……

「不去。」

我生硬地回答，沒有留下半點餘地。

爸爸抬起頭來，皺著眉頭看我，臉上的神情不出意料並不是很好看，但沒有發火，「為什麼不去，反正你……」

「即便有空，我也不去，這是我的時間。」

氣氛陷入僵冷，我瞥了一眼似乎已經開始醞釀怒火的父親，低頭扒下最後一口飯，準備結束這場無聊的飯局。

「真冷淡啊……」略帶笑意的聲音響起，一下子緩和了僵冷的空氣。我詫異地抬起頭，看向笑意滿滿的二叔，就見他問我：「告訴我為什麼不想去？」

「……」我終究不太好意思對很久沒見的二叔冷言以對，看在他的面子上，還是想了想拒絕的理由。

但或許是很久沒碰到這種事了，我竟然一下子拿不出像樣的理由。如果隨便編個謊言的話，已然陷入憤怒的父親，恐怕會一點顏面都不留地拆穿我吧……

「沒有理由。」二叔說完這句頓了一頓，雙眼凝視著我，瞇了起來。我不知道他是不是生氣了。「……但就是不想去，對吧？」

沒錯，天底下哪有那麼多的理由？為什麼每件事都必須有個理由？我不想去就是不想去而已，更何況，我也找不到去的理由。

「嗯。」既然看出來了，我也懶得再動腦筋。

「但我可以給你個理由哦。」二叔瞥了我爸一眼，拍拍他示意他冷靜下來，「替我做事，至少工錢不少，還有得玩，多好？」

「……」

「你知道二叔以前是什麼樣的人，也很討厭被父母管這個、管那個。尤其啊……像在你這種情況時，是很缺錢的。雖然你沒什麼地方花錢，問題是，沒錢，就得被別人管著。」

聽到這裡，我莫名地有些惱火，「你想說什麼？」

「哎，真礙事，有時候家人真的很礙事，卻又不能不依靠他們，因為自己的翅膀不夠硬嘛……」二叔似笑非笑地瞥了我爸一眼，「真虧你能受得了你爸，他和你爺爺的脾氣簡直如出一轍，二叔要是你的話……估計是忍不下去的。」

我爸聞言，面皮抽了抽，哼了一聲，倒是沒有說什麼話。

激將法嗎？

但對我這種沒什麼欲求的人，還真沒什麼效果。我放下筷子，對他點點頭，
「我真的沒什麼興趣，謝謝二叔。我吃飽了，你慢用。」
隨後我拿著碗走向廚房，將水龍頭打開。水流下來的瞬間，我聽見二叔那毫不氣餒的聲音傳來——
「三萬塊一個月，包吃住，至少做足一個月，最多半年，久了我也請不起你。中途你想什麼時候走，隨你。」
「我考慮一下。」我一邊洗碗，一邊敷衍著回話。
根本不用考慮，我不想去就是不想去。

深夜，我正在洗漱，低頭將水吐到洗手臺內。抬起頭來，卻從鏡子裡見到父親靠在廁所的門邊，一樣透過鏡子盯著我。
「有事？」
「和你二叔去一段時間吧，反正你也沒事。」
「不去。」我低下頭，打開水龍頭，將嘴角的牙膏漬洗掉，胡亂地沖了一把

臉，就想結束這個話題，回自己的房間上網。

按照以往的慣例，話題應該結束了才對，老爸今天卻似乎不肯放棄。他突然很惱怒地說了一句什麼，而我因為水聲沒有聽清——但絕對不是什麼好話——於是我關掉水龍頭，轉身看向他。

「你剛才說什麼？」

「我說，『你真想以後當個廢物？』」老爸一字一頓地說著，彷彿這些話已經憋了很久，「你到底想做什麼？」

聽到這裡，我突然明白，原來那一團火，燒的不僅僅是我而已。可是當我意識到這點之後，反而變得越發煩躁起來，這只是大家互揭傷疤，最終卻無可奈何。

有些時候並不是沒有選擇，而是選擇太多，反而變得一無所有。

我眨眨眼，好半晌才開口對瞪著我的父親說道：「之前是你說隨我的，想反悔啊？」

「我是說隨你走哪條路，不是讓你原地踏步。」

「我只是沒想好。」

「那你什麼時候想好？」

「……」我無言以對，沒來由地覺得胸口發悶，因為我不知道這件事到底該怪誰。也許，我只是很不願意去怪自己。

嘖，這日子過得真沒勁。

「我再給你一個禮拜，你想不出答案，就出去走走，什麼時候想明白了，什麼時候回來。」

「啊？」我張大嘴，愕然地望著老爸，「什麼意思？」

「意思就是，你拿不出答案，一個禮拜後會被我趕出家門。」

「……」我愣住了，傻傻地問了一句剛說出口就反應過來的蠢問題：「那我住哪？」

果然，老爸以彷彿見到腦殘一般看著我，「我哪知道？」

「……你就不怕我出什麼意外？」我有心拒絕，但看起來他似乎完全不打算徵求我的同意，而且……我也實在拉不下臉來求他。

「這年頭餓不死人，又是夏天，也不怕你在外面被凍死。」說完這句，老爸定定地注視我良久，似乎在觀察我的反應。

我不知道他在看什麼，但確確實實地感覺到了心虛。我為什麼要心虛呢？

老爸突然嘆了口氣：「你啊……真要變廢物了。」

一絲久違的怒意從心底浮起，但我沒有發火，只是抿著嘴脣，將視線移向浴缸邊的洗髮乳上。我對洗髮乳沒有興趣，僅僅是想隨便看一件東西，只要不是我面前的這個人，那就什麼都好。

「如果你現在朝我大吼『走就走，老子不在乎』，那還好一點……結果都要被我趕出去了，卻連朝我怒吼或者離家出走的勇氣都沒有，只知道板個冷臉，連叛逆都叛逆得沒有尊嚴。」

我心裡的那團火驀然大了起來，抬起頭，死死地盯著父親，感覺自己的臉有些發脹和發熱，「你懂什麼？你覺得你很瞭解我啊？」

我的聲音有些大，原本在臥房的媽媽走了出來，皺眉看著我們，「怎麼了、怎麼了？大晚上的吵什麼？你們還睡不睡了？」

「妳別管。」老爸頭也不回地說了一句，雙眼沒有離開我的臉。他嘿了一聲，「覺得我侮辱你？都這麼大了，教你一件事，沒人會有興趣去瞭解一個廢物；而廢物，也沒有資格講尊嚴。」

「……」

「……真正的尊嚴不是別人給你的，是你自己拚出來的。什麼都沒有、什麼都不去爭取的人，就別奢望有尊嚴。」

第二章
夕陽落下，不見月光

我沒有對父親說，我最想要的從來就不是尊嚴。

因為在大多數情況下，我根本感覺不到它的存在。尊嚴往往是承受來自他人的好意，或者惡意時才有所展現。但我一直以來的生活狀態，尊嚴的出場戲分實在不多，平淡得讓人安心，而且乏味。

我並不討厭這種生活狀態，因為我覺得自己本來就是一個口味清淡的人。如果要說選擇，其實原地踏步未嘗不是一種選擇。但這個選擇我說不出口，也知道總有一天它會無法持續下去。

第二天，母親和我談話，說要幫我跟父親說說，試圖改變他的主意。這讓原本就在猶豫的我，下了決定，拒絕了她的……幫助。

姑且稱之為「幫助」吧……

就像我說的，尊嚴這東西的戲分一向不多，可當它出現的時候，我實在不想不把它當一回事。

我分不清這究竟是賭氣還是別的，無論怎麼說，我下了決定——在第二天就下了決定——因為我不確定一個星期後，心裡的這口氣還在不在；如果不在了，那就輪到別人替我下決定了。

就好比海盜以殺人為樂，他們讓那些無辜的人走過一塊伸向海面的木板，等走到不能再走的時候……跳下去。

既然都要跳下去，我覺得還是自己直接下去，不要再去走木板了，這樣至少不用面對來自海盜的嘲諷。

「所以你來找我了？」

坐在星巴克靠窗的吧檯邊，二叔沈堂捧著冰咖啡，幸災樂禍地看了我一眼，「雖然你說是自己走出來的，但怎麼看……都是被趕出來的吧？」

「我是自己……」我試圖糾正他的說法，但看到他那略帶戲謔的表情，還是搖了搖頭，站起身，「算了，當我沒說。」

二叔連忙一把抓住我的手臂，「喂喂喂，又沒說不行，我一直在等你欸，開開玩笑別這麼容易生氣啊……」

他的手勁意外地有些大，彷彿想讓我明白他是真的想聘僱我。我被他拉得再次坐下，望著這位看起來開朗到過分的二叔，搖搖頭，「……我沒生氣。」

「沒生氣？」二叔微微一愣，隨後上下打量我一眼，似乎發現了什麼，「既然沒生氣，唔，至少你也沒什麼想要爭取的意思吧？你剛才如果走了，接下來準備怎麼辦？」

「……沒想好，看看有沒有什麼地方招人做臨時工吧。我爸給了我三萬塊，應該可以暫時撐一下。」

「哈，還真是悠閒一代的典型思考方式。」二叔勾了下嘴角，我看不出他是在嘲諷，還是在感慨。

「不行？」

「不，挺好的，有這種想法，說明這樣的社會至少不用擔心過不下去。」二叔說到這裡，頓了頓，似乎無意繼續這個話題，「我是開小餐館的，工作內容都不難，適應一下很快就會了，只要別偷懶。」

「那我該做什麼？」我不是很確定自己是否能夠立刻適應，因此想問問他的建議，或者說……要求。

「收收帳、收收盤子，很簡單的。我們只在晚上營業，白天你可以去周邊玩玩，不過有時候會有點雜活就是了。」

我點點頭，繼續問道：「那店在哪裡？」

可以的話，我實在不想在鬧區，卻也不想在太偏僻的地方。

二叔嘿嘿一笑，笑得我不明所以。

「哪裡都可以。」

什麼意思？

「這就是你的工作場所啦！」

二叔沈堂邊說話，邊自豪地拍了拍他身旁的「大傢伙」。

這是一部看似貨車的車子，車廂的部分被木色的金屬板擋住，形狀有些奇怪，相對車頭來說，實在偏大了點，但大部分的材質感覺並不沉重。

「原來是餐車啊……」

看到餐車的瞬間，我其實有點想打退堂鼓。因為我覺得居無定所的工作毫無疑問是一件辛苦的事，我本來就沒什麼幹勁，也希望有足夠且穩定的休息時間。

如果是移動式的餐車，恐怕連生活都沒辦法安定。

但既然已經走到這裡，再加上多少有點社交恐懼，我實在不願意再去別的地方找陌生人碰一鼻子灰。在二叔這裡工作的最大理由，其實僅僅是我認識他，並且剛好知道他需要人，被拒絕的可能性很低。

「什麼時候開始？」

「如果你不介意的話，今天就可以開始。」二叔摸了摸帶著鬍碴的下巴，似乎想減緩我的不安，又特意加了一句：「不過你今天什麼都不用做，看我應付就可以啦。熟悉一下工作環境，我還會教你一些事，別緊張，很簡單的。」

緊張？

我看起來，緊張嗎？

確實多多少少會感覺到緊張，但實在不到會被人輕易看出來的程度。並不是我在掩飾自己的情感，只是單純覺得今早鏡子裡的人在對自己說——喂，這就是下一個人生階段了。

就這麼普普通通，普通得一點期待都吝於給我，有的只是陌生和茫然。

這是一種被時間推著走後，告訴自己「船到橋頭自然直」的無奈。

當天色從澄淨的蔚藍漸漸變成溫暖的橙紅，我坐上餐車的副駕駛座，沒有問二叔要開向哪裡。事實上，就算我問了他，恐怕也無法明白那代表什麼地方。因為我從來就不記路，也不記地名。

沒錯，我的確是路痴。

況且在這個有GPS地圖的年代，記住各個地方真的讓我覺得是一件多餘的事。也許我曾經記過一些，但隨著漸漸依賴網路，我已經忘掉很多地點的位置，頂多記住一些標誌性建築。

「記住地點」在很多時候可能是一件很有用的事。可問題是，很多更有用的技能我也沒有學會，那些都沒學了，這個沒學會也沒什麼值得意外。

二叔並沒有選擇在熱鬧的夜市駐留，即便那裡的客流量可能更多，他還是選擇在市立公園附近、貼著岔口的轉角處停了下來。

二叔說自己最喜歡在岔口旁做生意，不僅可以保證一定的客流量，也不會因為只有一條街而感到單調。

我問他是不是怕和其他店家競爭才不去夜市，二叔聽到這個問題的瞬間，愣然了半晌，然後打開車門下了車。

我也跟著下車，將車門隨手甩上發出「砰」的一聲。好像大力了一點，但二叔似乎並不在意我對他的車不夠溫柔。

「知道怎麼做服務業而不用受太多氣嗎？」

「啊？」我不是很明白，他為什麼要用聽起來和我的疑問沒有關聯的問題來回答。

「別讓客人挑店，讓店挑客人就好。」二叔走到車廂旁，用鑰匙將三面的鎖打開，手一伸，包裹著的金屬板便被打開，成為屋簷那般的存在，露出裡面吧檯似的店面；彷彿變形金剛一樣樣貌大變，從一部比例古怪的貨車，變成充滿日式風格的餐車小店。

「所以我不去夜市，這算是其中一個理由……吧？」

不是很確定的語氣是怎麼回事？

「還有別的理由？」

「……算是我給你的實習作業，想到了再告訴我。」二叔隨意地擺擺手，但看那有點尷尬的表情，我懷疑他自己都不明白為什麼要這麼做。

店裡擺了幾副折疊椅，二叔從車後踏進去的同時，隔著吧檯將這些椅子遞出，讓我在車子的兩面擺好，又將兩面菜單看板掛在車窗和地上，「晚上六點正式開始營業，現在還有一個小時，想吃什麼？我做給你吃。」

我搖搖頭，「隨便。」

「隨便？哦。」二叔頷首，提著兩桿布簾掛在兩邊，又拿出連著電線的燈籠掛上，「那你稍等。」

二叔開始熱鍋，我看到他往鍋裡倒入大量清水後，便在吧檯前坐了下來，轉過頭，看向只留一點餘光的西邊，瞇了瞇眼——街道上的人漸漸多了起來。

車燈、路燈、店燈也開始亮起，把我眼前乾淨的世界染成各式各樣的顏色，說不上討厭，卻也說不上喜歡。這種生活氣息渲染著我人生的每一刻、每一秒，或許剛開始是喜歡的，可到後來漸漸厭惡，再到現在……也說不上厭惡了。

只是覺得沒勁。

按部就班地成長，按部就班地學習，直到考大學失利前，我的人生沒有太多變數，有失敗，但不是太讓人在意。我習慣了按部就班地生活，直到按部就班的節奏被打亂，我被迫停了下來，隨之而來的便是無以言狀的疲憊。

為什麼以前就沒覺得累呢？

還是說，單純只是我變得懶散了？

「做好了，細細品味哦。」

我回過神來，便發現二叔在我面前放下一碗拌麵。

這是很簡單的一碗麵，想做得好吃非常難，可要做得難吃也並不容易。在這一瞬間，我覺得這碗麵很符合我的人生，於是忍不住起了好感，在應了二叔一聲後，夾起一大筷麵條，很豪爽地塞進嘴裡——

「咳！嘔……噗！」

我忍不住將麵條噴了出來，嘴裡的醬油味彷彿可以淹沒我的口腔，鹹得我幾乎能感覺到一股苦味；而麵條也完全是未熟的狀態，根本沒有煮透，黏牙的感覺讓我的口腔發乾；同時，過於辛辣的辣粉，則讓我忍不住咳嗽著將麵條噴了出來——

吧檯桌上一片狼藉。

「啊哈哈哈哈哈!!」二叔幸災樂禍地大笑起來，似乎完全預料到我的表現，「很難吃吧？」

「咳咳……」我一臉痛苦地接過二叔早就準備好的水，漱口，將嘴裡的可怕味道混著水嚥下。我微微喘氣，努力將殘留在嘴裡的可怕記憶丟掉後，瞥了二叔一眼，「我從來沒想過會是這種味道。二叔你做出這種東西，開店真的沒問題嗎？」

「沒問題啊。」

「……為什麼？」我不覺得會有人能夠吃下這種東西。

「因為我的客人不會跟我點『隨便』這道菜。」

「……」

我不知道該做出什麼表情，也不知道該給出怎樣的回應，只能沉默。

二叔漸漸收斂起幸災樂禍的表情，認真地對我說：「阿琛，你要清楚自己要什麼，不要把本來應該自己選擇的事丟給他人來幫你決定，否則，你永遠只能吃最難吃的東西。人生這種事啊……有時候和吃飯是很像的。」

這算什麼？員工教育嗎？

我搖搖頭，撿起剛才掉到地上的筷子，交給二叔：「那我可不可以再點？」

「你知不知道，為什麼有早餐、中餐、晚餐之類的說法？」

「哈？」我有些錯愕他為什麼老喜歡用問題來回答我的問題，尤其我根本不明白他的用意。

「因為一旦錯過時間，早餐就沒了，它會變成中餐；而中餐沒了，就會變成晚餐；如果晚餐沒了……就會變成宵夜或者早餐，而本店從不通宵營業，所以抱歉，員工食堂已經關閉，明天請早。吃飯這種事，畢竟是有時段的，過了時間，就沒飯吃了。」二叔那熟悉的壞笑，讓我想起小時候他捉弄我的樣子，「或者等會的營業時間，你可以做為客人再點一份，反正你今天不用工作……當然，那時候點餐是要錢的喔。」

嘖……他真會做生意。

當夜幕降臨，天上的星光漸漸變得清晰，天氣依舊炎熱。我站在餐車邊，看著二叔忙碌地準備食材和廚具的身影，突然很羡慕這位在我眼裡曾經很吊兒郎當的長輩。

過去我只看過他叛逆的那一面——我見過他和爺爺、奶奶吵架，我見過他對我爸豎起中指，我聽過家人說他在夜店之類的場所流連忘返，直到有一天……他突然就消失了。

他一消失就是整整十年，這十年在他身上留下了痕跡，但我不確定在他心裡，這十年的分量到底有多重。

我突然很羡慕，十年前他摔門而出的叛逆背影。

他擁有一種勇於表現自己性格和渴求的能力，而這種能力，恰恰是我在成長的過程中，不知不覺就消退的。

我比小時候聰明，我比小時候強壯，但我比小時候膽小。某種意義上來說，這真的是一件很沒道理卻又必須承認的事。

而現在的問題是，經過了十年，二叔到底後不後悔當初的決定？他在餐車裡的忙碌身影，在我眼裡實在稱不上生活富足。不僅如此，我十分好奇他在這十年之中，是否有家人。

「二叔……你結婚了沒？」

餐車裡的忙碌身影頓了一下，隨後二叔伸了個懶腰，「差點。」

「啊？」

「差點就結了，但最終沒有。」

「為什麼啊？被甩了？」

「不是，是我反悔了。」二叔笑了笑，我卻看不出他眼裡的笑意，「不是因為討厭，只是……總覺得還是差一點。」

「差一點？差什麼？」

「嗯……差什麼呢？」二叔很隨意地從懷裡掏出一包皺巴巴的菸，用嘴叼出一根，打火機一點，深吸口氣，將煙霧吐出的同時，也將自己的語言混雜了進去，「到底差什麼呢？好問題。」

好吧，雖然輕易下結論不是一個好習慣，但網路上一個叫「渣男」的名詞似乎很接近二叔的形象。想到這裡，我撇撇嘴角，決定停止這個話題。我的好奇心並不重，從來不喜歡刨根問底。

「……你的表情很詭異哦，是不是在心裡罵我？」

「沒有。」

「你啊……喔，歡迎，請問要點什麼？」二叔還想和我聊幾句時，迎面來了一個大概國中模樣的女學生。二叔隨意地打著招呼，「前面有菜單，炸物需要多等一下，別的可以直接做……也可以外帶。」

這個女生帶著可愛的嬰兒肥，很認真地嗅了嗅味道，似乎在辨別二叔的店到底好不好吃，最終下定決心點點頭，「關東煮全盛一份，打包帶走。」

「五十塊謝謝。」

二叔很俐落地扯了一個塑膠袋，將食物放進塑膠碗並封蓋、同時裝進袋裡。一整套動作行雲流水，帶著一種說不出的節奏和韻律。

「當心燙哦。」

「謝謝。」

二叔把收到的錢放進身邊的黑色腰包裡，看得出來，腰包裡的錢他有做簡單的分類，然而因為空間所限，終究還是有點亂；生意少時應該沒什麼影響，但如果客人比較多，恐怕會變得有點麻煩。

不過話說回來，我真的很懷疑生意會不會好起來。不去客流量多的夜市，竟然是覺得那裡店太多會被客人挑？即便是我這個還沒有正式踏入職場的人也明白，在如今這個社會，如果缺乏競爭心態，不可能吃得飽——

但凡事總有例外，到了晚上八點左右，店裡的生意好起來了。

不斷有人在我身邊坐下，又從我身邊離開，一次性的餐具被丟在旁邊的大型塑膠垃圾桶裡。期間我看到有幾個人和二叔打了招呼，聊了幾句，似乎是二叔的常客。

他們抱怨二叔的開店時間和地點都不固定，有幾位甚至是繞遠路回家，僅僅是為了來這裡坐一會。

二叔做的東西好吃嗎？

明明只是一般般啊……

我嚼著二叔炸好的椒鹽茄子天婦羅，雖然的確覺得好吃，但感覺也沒好吃到可以讓人記住的程度。

客人沒有非常多，卻也說不上少，二叔做東西的速度說不上很快，但至少手頭的動作幾乎沒有停下，送走了一個又一個的客人。

直至晚上十一點，生意才漸漸少了起來。到了將近十二點，二叔開始收拾店面，似乎準備打烊了。但在這個時候，又一筆生意上門。

「哦！老闆今天在哦？」一名穿著休閒西裝，頭上抹著髮蠟，將頭髮全部往後梳的青年走了過來，看起來很熟門熟路地坐下，直接從二叔工作的檯面上拿了一碟花生，隔著我一個座位坐下，「老規矩。」

我聞到一股酒味，微微皺眉。

很奇怪，酒明明是香的，為什麼被人喝下去後……味道就讓人覺得噁心了呢？

二叔看到這名青年，微微一愣，隨後搖搖頭走進餐車……

嗤！

二叔隔著吧檯，將一罐冰啤酒打開，拿了一只一次性紙杯遞給青年，「之前喝過了？那頂多賣你一罐喔。」

「這麼小氣？」

「是你說老規矩的。」二叔眨了眨眼，「聞不到自己身上的味道？還沒喝夠啊？」

「老闆這裡的酒不一樣嘛……」青年笑嘻嘻地說：「今天賺了不少，本來想逛逛醒醒酒的，沒想到今天餐車居然開到這。」

「我快打烊了，你再晚半個鐘頭估計就看不到了。」

「噢噢，那真是緣分吶！」

「……你這話還是跟你的客戶說去……喂，喝太快了，我真的不會再賣你第二罐的哦。」二叔皺著眉對青年說，又低頭用筷子在廚房裡攪拌著什麼，最後端上一碗放著豆芽的擔擔麵。

隨後，二叔從餐車裡走了出來，手上端著一碗餛飩麵，到我的身邊坐下。

「咦，我怎麼不知道你店裡有賣餛飩麵？」青年看到二叔的食物，嚥了嚥口水，似乎很饞的樣子。

「這是店長套餐，不賣的。」二叔無情地拒絕了青年，接著後仰一下身軀，讓青年可以看到我，「喏，我旁邊的是我侄子，阿琛。你叫……唔，就叫小泉哥好了。」

「小泉哥好。」我很老實地叫了一聲，感到有點緊張——我太久沒有和陌生人說話了。

「喔喔，你還有侄子？」小泉哥看了我一眼，笑得意味深長，「難得難得，還是第一次看到你帶親戚出來。」

「年紀大了嘛。」二叔不置可否地點點頭。

我不明白年紀大了和把親戚帶出來有什麼關聯，但看小泉哥的樣子，他似乎明白二叔的意思。

這就是年齡差距所產生的代溝吧，無所謂，反正不是什麼讓人在意的問題。

我垂下目光，開始滑手機。我對大人的交流沒什麼興趣，他們的話題千篇一律且現實得讓人厭惡。我不知道自己有多久沒有純粹地聊聊天了。

沒有奔波生活、繁忙學業的目的，僅僅是休閒般的隨意聊聊，說得再直接一點，就是真正意義上、最浪費時間的聊天方式。

小的時候，我可以看著聖鬥士的玩具傻笑一下午，即便從來沒把動畫看全過，卻依舊可以和同伴聊得很開心。我們是為了開心去玩鬧、去聊天。

但不知道從什麼時候起——「沈琛，我們需要談談你最近的學習狀況」、「阿琛，你想考什麼大學？想好了嗎」、「什麼？上大學的目的？當然是為了以後找個好工作啊，現在都要看文憑的。哦，科系也別太冷門，否則也很麻煩的」諸如此類的談話開始變多。即便未來還沒有真正來臨，卻迫近得讓人漸漸喘不過氣來。

視野裡的世界彷彿被蒙上一層灰暗的紗布，曾經繽紛的色彩再也沒有那種奪目的美感。成長的悲哀就是，曾經喜歡的事物變得不再喜歡，而曾經討厭的東西，卻依舊討厭。

喜新厭舊也許是一種惡習，但在我看來至少足以讓人快樂。因為我厭了舊，卻對未來的生活失去了期待。小時候那種「我要快快長大」的想法也沒有了。

因為即便長大了，我也無法保證自己不會變成自己最討厭的那種人。

就算那些討厭的人，可能當初也是這麼想的。但最後，還是被社會改造成自己最討厭的類型。

「……阿琛，叫你呢。」

「啊？哦……」我回過神，發現二叔正看著我，而小泉哥則帶著一臉壞笑，「什麼事？」

「有女朋友沒？」二叔的神情有點古怪。

中間到底發生了什麼，為什麼他們的話題會變成這個？

我搖搖頭，「沒有。」

小泉哥的臉頓時一垮，咬牙切齒地瞪著二叔良久，最後不死心地回過頭問我：「小弟啊，那你有男朋友嗎？」

「……也沒有。」

「暴殄天物啊!!」小泉哥瞪著我誇張地低吼，還沒等他說什麼，就看到二叔哼了一聲，「拿來。」

那罐還剩小半的啤酒被二叔直接就口喝了起來。

「那是我的！」

「你輸了，就是我的。」二叔停下，淡淡地說了一句後，便仰頭將最後一點啤酒喝光。

喀啪！易開罐被二叔的手掌捏扁，隨後他打了個酒嗝，「……這是為你好。」

小泉哥嘆了口氣，轉頭看向我，語重心長地說：「年輕的時候呢，不把幾個妹子、不劈幾次或者不被劈幾次腿，簡直就是白過了。抓緊機會吧，等年紀大了就玩不動了……」

前言撤回，我二叔不算渣男，這位才是。

「……所以千萬別學你叔叔，表面上看起來吊兒郎當，結果還什麼都沒撈著！你看看我、你看看我，要和我學，我現在就過得挺好，有吃有喝有妹把，今朝有酒今朝醉！男人的浪漫就這麼簡單……對了，你書讀得怎麼樣？」

這話題轉得有點快，我眨眨眼，「不太好……」

「這就對了！」小泉哥很興奮地一拍大腿，看著我越發親切起來，口沫橫飛，「我跟你講，書如果能讀得好，那當然好一點。但如果實在不是個讀書的料，幹麼勉強自己？我跟你講，從小孩變大人，一般情況下，要嘛學得好，要嘛玩得好，你至少得有一樣！

「你如果是那種玩得好、書又讀得好的菁英我就不說了；而如果學習好，導致沒玩好，我也沒話說，這是選擇問題。但最終如果書讀不好，還過得不開心，那就太虧了！」小泉哥滿是感慨地咂咂嘴，拿起紙杯想喝酒，但似乎立刻想起裡面已經空了，「所以呢，書沒讀好沒關係，日子過得夠混蛋就行啊哈哈哈哈……」

「喂喂，別教壞我侄子。」

「我看起來很壞嗎？」

「你可以晚上回去照鏡子。」

「啊哈……你這個混球……」

他們又聊了起來，不再理會我。我也輕吁一口氣，說實話，我特別不擅長應付這種類型的人，但隨著他剛才的那番胡言亂語，我感覺到一絲煩躁。

沒玩好，也沒學好，說的就是我這種失敗者吧？

我抬起頭看向夜空，不知何時星光已經被烏雲遮蔽，一眼望去一片黑暗。而瞇著眼看向遠處的燈光，卻覺得分外刺眼，甚至連心裡的那團火，也旺了幾分。

第三章

籠子裡面，車子外面

小泉哥搖搖晃晃地走了，那半罐啤酒彷彿是壓垮他的最後一根稻草。他堅持說自己沒醉，但我覺得他大概暫時走不了直線。

看著他的背影，二叔指了指那個看上去一點也不瀟灑的背影，認真地告訴我：「那也是一種過日子的方式，你喜不喜歡？」

「……」我不是很明白二叔的問題，所以沉默地看著他。

二叔不太滿意我的沉默，似乎覺得我誤會了什麼，擺擺手，「我沒說這種日子不好啊，你別多想。我不會說他到底是正面教材還是反面教材，只是問你喜不喜歡。喜歡的話，可以試著跟他靠攏。」

「……你剛才不是對他說別教壞你侄子嗎？」轉頭就改變立場、一點心理障礙都沒有，我必須承認二叔真的沒什麼節操觀念。

「幾乎每個父母都會說別讓孩子學壞，卻還是有孩子學壞了，因此這句話其實沒多大意義。」二叔聳聳肩，「未來是你的，不是我的，自己挑的自己負責，而我講話不負責任，所以別學我……」

說到這裡，他頓了一頓，又鄭重再說一次：「……這點真的別學我，我是認真的。」

「……為什麼？」

二叔理所當然地一攤手，「因為我講話已經不負責了，你也不負責的話，我們聊天就會太扯。」

好理由，誠實到透著一股無恥而霸道的味道。

我心裡想著二叔的問題，突然很好奇二叔對他的看法，「那二叔你喜歡嗎？」

「你指什麼？」

「他過日子的方式。」

「不喜歡，我還是比較喜歡我現在的過法。」二叔拿下叼在嘴裡的菸，隨手掐滅，「但這種事我不喜歡沒關係，他覺得自己過得好就行。很多人就是這樣，天生喜歡花天酒地的過法……」

「那如果沒有特別喜歡的過法，怎麼辦？」

二叔聽了我這句話，搖搖頭，「一定有的，但你得找，認真地找。」

「如果找不著呢？」

「那就說明你在偷懶。」二叔說了一句在我眼裡很武斷的話，因為我覺得這世界上態度和成果總是需要分開的。你並不能因為我沒拿出好的成果，就斷言我一定不努力。

二叔似乎終於沒有聊天的興致，站起身來，「ＯＫ，今天到這裡，整理好，停好車，一會去澡堂洗個澡，然後睡覺。」

「不回家洗？」

「嘿嘿。」

「……」我突然有種不好的預感。

更衣室裡很悶，不流通的空氣混合著怪異的體味鑽進鼻子裡。我很少去公共澡堂，至少不願意去設備這麼差的。

當我換下衣服，走進淋浴室，心情倒是好了一些，因為這個時間點基本上沒什麼人。我來到角落，將蓮蓬頭打開，調試了一下水溫後，站了進去。

仰著臉，闔眼閉氣讓溫熱的水流沖洗，我很喜歡蓮蓬頭將水打在臉上的感覺，那是一種可以肆意面臨傾盆大雨，卻不用在意是否會生病的任性。

小時候倒是喜歡在雨中瘋瘋癲癲地玩鬧，但一來大人不許，二來淋雨過後的形象真的見不得人，也就漸漸對淋雨沒了興趣。

「竟然用熱水洗？我以為你在這個季節會喜歡用冷水呢……」

二叔的聲音在身側響起，同時我也聽到他打開蓮蓬頭的聲音。我後退一步，抹了一把臉上的水珠，「溫水剛剛好，也不算熱。」

二叔擁有一身健碩的肌肉，微微偏向古銅色的皮膚，看起來充滿力量感。我還看到他身上有一些刀疤，心中微微一跳——二叔年輕的時候果然不是什麼安分的人。

「你啊，還真是一點朝氣都沒有。」二叔感嘆地看著我，上下打量幾眼，不滿地皺眉，「渾身上下鬆鬆垮垮的，缺乏鍛鍊，你都不運動的哦？」

「嗯。」

「為什麼？」

「沒勁。」

「為什麼沒勁？」

「就是沒勁而已。」我對二叔刨根問底的方式有點厭煩，當下轉身讓水沖在自己的後頸上，「哪來那麼多理由。」

「所以沒什麼方向感？」

「雖然沒聽懂因果關係，但沒錯，我的確是路痴，怎麼了？」

「我不是說路的事。」

「……」我皺著眉看了二叔一眼，沒有說話。我不太喜歡聊這種話題，因為照這節奏繼續下去，最後往往都會變成單方面的說教。

「那至少在我這裡讓生鏽的身體動起來吧。」二叔嫌棄地看了我沒什麼肌肉的身軀一眼，發出「嘖」的一聲，搖搖頭，「你現在不是做什麼都沒勁，而是做什麼都不行。」

老實說，他的話讓我有點不開心，但我也沒什麼反駁的力氣。

「二叔，這個世界上有各式各樣的人，有一帆風順的菁英人士，有一事無成的廢柴混混，不是每個人都有這麼強的欲望。」說著不知道算不算是辯解的話，我低下頭，擠了洗髮乳抹在頭上開始揉搓。

「……然後呢？」

「我就是這樣的人，不可以嗎？」

「這樣很開心？」

「至少不難過啊……」

「不難過你就不會問我這種問題了。」二叔撇撇嘴，「你這是快哭了？嘖，真丟臉。」

「哪有？」我忍不住瞪大眼睛看著二叔。事實上我的確沒哭，別說眼淚了，我的鼻子也沒有絲毫酸意。

「唔……」二叔笑了笑，眼睛因為笑容瞇成一條線。我隱隱覺得他的眼裡有種讓我喘不過氣來的壓力，「我覺得你哭得厲害呢。」

我沒有回應這個說話老是讓我一頭霧水的二叔，將自己的頭沖洗乾淨，同時感覺到心中的那股灼燒感變得更加明顯，忍不住將水溫調涼一些，讓略顯寒涼的水流擊打在身體上，降下那股莫名的躁意。

待將洗髮乳沖掉之後，我決定換一個有點關心的問題，之前二叔面對這個問題時的笑法，讓我有不祥的預感，「二叔，你家不會沒有浴室吧？所以才來這邊洗？」

「猜錯了，嘿嘿。」

聽到這個答案，我隱隱覺得更加不妙——

曾經有人和我說，女人的直覺比較準，而男人的直覺基本上不存在什麼正確率。

如果說這句話的人現在站在我面前，我向你發誓——我！保！證！不！打！死！他！

在我面前的是一頂藍色的帳篷，它被擺放在公園角落的草坪上，周遭路燈因為年久失修而閃爍不停，完全就是一處不用花錢就能在恐怖片裡派上用場的好背景。

我看到飛蟲在路燈旁不斷飛舞，周圍幾乎沒有人煙，莫名地有一種在這裡死了都不會有人知道的危機感。

而二叔正往帳篷裡放被墊。我看他弓著腰、微微喘氣為我準備帳篷裡的東西，忍不住開口：「……我沒聽說要住這種地方啊。」

「因為會去很多地方，不可能每個地方都去租一間屋子啊……」二叔回過頭看了我一眼，「那要很多錢的。這帳篷是前任打工仔用過的，不介意吧？嗯，免費的你就別介意了，反正我不會特意花錢再買一頂啦。」

我很介意！

我苦大仇深地看著完全不在乎的二叔。

啊……這簡直就是流浪漢的生活。

「是探險喔。」似乎聽到了我的心聲，二叔對這件事下了一個定義。

探險？如果是十年前，我說不定會感興趣就是。

要反悔嗎？

不，還是算了吧……

我分不清壓住這個念頭的是那一抹自尊心，還是連我自己都不敢確定是否存在的新奇感。

我瞇著眼躺在那頂讓我伸不直腳的帳篷中。因為是夏天，裡頭有些悶熱，我卻不敢將帳篷打開，怕待會睡著的時候會有什麼蟲子進來。

醒著的時候倒是不怕，但睡著的時候終歸會有點毛毛的。

好在二叔給了我一臺用電池就可以運作的小風扇，看上去小小的，風力倒是超過期待。

況且公園的溫度並沒有家裡那麼高，二叔挑的地方接近河川，隱隱有水流聲伴著入眠，倒也另有趣味。

我打開手機，回了來自母親的簡訊便將它放到旁邊，閉上眼——卻一直沒有睡著。

「起床了哦。」

這麼早？好像才六點吧……

外面的光透過帳篷隱隱灑了進來，我將帳篷的拉鍊打開，伸出頭看向站在我面前的二叔。還不等我說什麼，就聽二叔一臉詫異地道：「你沒睡啊？」

可能是臉上一點朦朧睡意都沒有，讓二叔看了出來，我自然也沒有否認的理由，點點頭，「我認床。」

「我猜也是。」二叔沒有一點擔心的意思，反而露出近乎幸災樂禍的笑容，「不過時間到了，起床吧，休息時間已經過了。」

「……你笑得這麼開心幹麼？」

「肯定開心啊……越敏感、越脆弱的人，其實成長起來是最快的。」

「雖然我不認為自己敏感且脆弱，不過姑且一問……」我搖搖頭，從帳篷裡鑽了出來，將已經疊好的毯子交到二叔手上，「為什麼？」

「因為他們特別怕疼啊……」

一大早就開始說些莫名其妙的話，我懶洋洋地伸了個懶腰，「去哪裡洗漱？」

二叔一指斜對面，「喏，那個公廁。」

……真的，好像流浪漢。

我不喜歡進公廁，即便在外有需要，除非實在忍不住，否則一般會盡量回到家再解決，或者去一些我覺得使用率比較低的地方，比如飯店的廁所。

但我現在沒什麼選擇餘地，忍著異樣的心情，還是拿著洗漱工具去了那邊……

好像也沒想像中那麼難，當我全部洗漱完畢，有點詫異地回頭看了這間在我眼裡曾經各種噁心的公廁，突然覺得……好像也沒那麼髒。

因為我人出來之後，至少比進去之前要乾淨得多。

「走，先去買點早餐。」

「嗯？不是自己做哦？」

「你覺得做餐飲就一定要吃自己做的嗎？」二叔仰天翻了個白眼，「就做我們兩個的？我懶得折騰啦……走啦，隨便吃點，一會還有事做。」

我和二叔走出公園，進了車裡，繫好安全帶，「去哪？」

車裡的悶熱一下子讓我出了一些汗。

二叔瞥了我一眼，隨手掏出一把硬幣扔給我，指著斜對面的便利商店，「這麼快繫上安全帶幹麼？車裡都熱死了。你先去買早餐，連我那份一起買了……唔，這點應該夠吧？」

我低頭看了看，雜亂無章的硬幣加起來感覺快超過兩百……足夠了。

「想吃什麼？」

「兩份雞蛋三明治，再買個牛奶給我。」

「好的。」

我下了車，買完早點，回到車上時裡面的溫度已經涼了下來——二叔趁我去便利商店的時候開起空調，我忍不住深吸了一口冰涼的空氣——空調絕對是人類歷史上最偉大的發明，沒有之一。

我將雞蛋三明治和牛奶遞給二叔，他接過後好奇地問我：「你買了什麼？」

我拿出兩塊熱騰騰的炸雞，以及一瓶可樂，「就這些。」

「嘖嘖，果然年輕人都不怕死。少吃點這種東西，否則到我這年紀就後悔了。」二叔隨口念叨一句，搖搖頭，似乎在感嘆自己年輕時的記憶。

我直接灌了近三分之一瓶的可樂，冰涼的液體混合碳酸充滿刺激地從口腔裡衝擊而下，讓我昏昏沉沉的精神微微一震，「二叔你沒後悔的事哦？」

「……今天你的吐槽很犀利啊。」二叔嗤笑一聲，咬著三明治，口齒不清地說：「哪有人不會後悔的？錯了一定會後悔，然而誰不會犯錯啊？說自己不會後悔的，基本上都是在嘴硬，不想讓自己垂頭喪氣而已。」

「那吃炸雞、喝可樂也沒關係吧……反正不差這一件後悔。」

「倒也是。」二叔豁達地點點頭，兩三口就將三明治吞下，然後一口氣吸了大半的牛奶，滿足地嘆了口氣後，踩下油門……

因為時間還早，路上的人並不算多，二叔的車開得很順，「再過一會人就多了。」

「很趕時間？」

「不，只是喜歡早上逛市場，食材看起來比較新鮮的話，即便不會都買，心情也會比較好，不是嗎？」

原來是去買菜？

我可以理解他的話，但不認同他那一副理所當然的樣子。因為像我就對這種事無所謂，過得去就好了，「反正你都是晚上才開店……一樣的吧？」

「開店是賣給客人的，買的時候卻是我的，當然不一樣。」二叔似乎很詫異我的想法，「聽你爸說家裡都是你負責做飯？沒這種感覺？」

「完全沒有，而且我討厭出去買菜，很沒勁。」

「會有的。」二叔似乎很肯定這一點，但看起來沒什麼根據，「不然就太可惜了。」

我不明白這有什麼好可惜的，卻也不在意。這對我來說只是一個暫時性的工作而已，我甚至打定主意，做一個月、拿到薪水後就走人。

因為我對當流浪漢真的沒興趣，雖然二叔堅持認為這是旅行。

我不喜歡太過自由奔放的生活，因為那在我眼裡實在滿混亂的，對於一個平常按部就班的人來說終究無法適應。我的生活很講究節奏，順利並且一切從簡的節奏。

千萬不要指望我會為了十塊錢跟菜市場裡的大媽討價還價半天。我一向都是問了價格，然後直接買，如果買貴了導致回家被父母念，那頂多下次不去買，或者直接報出一個底價，同意就買、不同意就走人。

乾淨俐落也不耽誤大家時間，多好？

所以我體會不了砍價的樂趣，自然也體會不到逛街的樂趣。我真的沒辦法理解那些逛街逛了整整一天，卻幾乎沒有買東西的人——雖然有人說這就是生活。

很顯然，我沒有這種生活情趣。

市場裡淡淡的腥味混合著水氣，水泥地板殘留些許汙泥和水漬。

二叔先是走到一處肉鋪，隔著玻璃對裡面那一臉落腮鬍的中年男人說：「豬肉榮！怎麼樣？」

「還能怎麼樣？」被稱為豬肉榮的中年男人坐在椅子上，懶洋洋地掃了我一眼，「你兒子啊？」

「侄子。」二叔朝我擺擺頭，「一般來說到了這個城市呢，我就在這買菜，肉我都是找他買，叫他老榮就好。」

「侄子哦……」豬肉榮向我和氣地笑了笑，「放暑假和你叔叔來玩？」

「他現在是替我打工。」二叔瞥了我一眼，「來賺點零用錢，是吧？」

「啊？唔……唔。」我含糊地應了一聲。當我發現自己並不想反駁這個說法時，對上了二叔似笑非笑的眼神——莫名感覺到羞恥。

「真乖，不錯，比我家那個混小子強多了。」豬肉榮滿臉羨慕地看了二叔一眼，一臉的生無可戀，「他就知道在家玩電動，真不明白有什麼好玩的，整天不務正業……看看這位，嘖嘖，讀書讀得頭髮都白了，暑假還出來打工貼補家用。哎，真懂事……」

……這是染髮，而且我是被趕出來的，大叔。

我張了張嘴，沒好意思開口。

「好像你年輕時就務正業似的……」二叔很不給面子地哼了一聲，「好了，老規矩，我過十分鐘來拿……肥肉少點，上次我幾乎都不用放油了。」

「老這麼挑三揀四，嘖，八斤切塊是吧？你一會再過來。」

二叔得到回應後，便向另一邊走去。他在這個菜市場認識不少人，幾乎叫得出每個人的名字，而每個人也都認識他……

這裡，彷彿是他的王國。

我看到他滿臉輕鬆的笑意，和那些人嘻笑怒罵毫不避忌，突然有些明白他為什麼要這麼早來這裡，絕不僅僅是看到食材心情會變好而已。

我有些羨慕。

他在這個世界上有自己的位置，並且喜歡自己的位置。

回到車上後，我忍不住問他：「二叔，你做這行多久了？」

「為什麼問這個？」

我猶豫了一下，不自在地閃避他滿是笑意的眼神，轉過頭看向窗外，「……只是覺得挺不錯的，可以過自己喜歡的生活。」

「你也可以啊，羨慕什麼？」

「前提是知道自己喜歡什麼。」我搖搖頭，只覺得車窗外面的世界和自己並不在同個次元，一眼看去，似乎都沒辦法和自己產生什麼有趣的聯繫，「我和二叔你不一樣，你年輕的時候可以為了自己選擇的路和父母吵，甚至離家出走……我不行，我根本不知道自己想要選什麼。」

「……」

二叔沒有回應我，我好奇地轉過頭去，發現笑容已經自他臉上消失。他淡漠地發動車子，從胸前口袋掏出一包菸，用嘴叼了一根，「……原來你是這麼看的。」

引擎發動聲中，二叔的話如一堆碎裂的冰塊倒灌進我的心裡——

「你猜錯了，我不是因為知道自己想要什麼才走的。」

「……」出乎預料。

「我是因為知道不想要什麼才走的。」二叔瞥了我一眼，努努嘴，「安全帶。」

「……哦。」我這才反應過來，臉忍不住微微一熱，「二叔你不想要什麼？」

「沒有任何意外地去找工作，沒有任何意外地找個老婆，沒有任何意外地生幾個孩子，沒有任何意外地壽終正寢。」十字路口處，信號燈由綠轉紅，二叔平穩地停下車，此刻路上的車開始多了起來，「這輩子呢，一直都沒有任何意外，天天和所有人堵在上班和下班的路上。」

我張了張嘴，心想這種活法也不錯，至少過起來很安心。

「沒有意外，就不會有期待。」

「……我還是會期待週末的。」我試著反駁二叔這種一棍子打死全部的說法。

「嗯，的確各人有各人的活法。」二叔微笑，似乎聽出了我話語中的意思，意識到我的想法可能剛好和他相反，「不過，也沒有誰能確定從小被關在籠子裡吃飼料的動物，就一定比在大自然裡的動物過得好。」

我不是很喜歡他的比喻，卻被他的說法吸引，所以一言不發地聽他繼續說下去——

「從小就被關在籠子裡的動物，他們只會期待下一頓飯吃什麼，日子過得簡單、安全，普遍也活得比較久，挺好。」二叔說著好，但那漠然的目光讓我明白他一點都不覺得好，「可是呢，如果你把這些動物趕回大自然生活個幾年，也許其間會死掉幾個，然而剩下來的那些，你覺得牠們還會想回到籠子裡嗎？如果那些動物是你，你會想回去嗎？」

我不是很確定，因為我不是那些動物。按照我的脾性，自然是安全第一，我有心點頭說想回去，話到嘴邊卻猶豫了，因為我發現心裡的那股灼燒感變得明顯，

「……我不知道，我不確定。」

「因為你還在籠子裡。」

因為你還在籠子裡。

這句話透著一股辛辣之極的譏諷，我卻連生氣的力氣都沒有，因為我開始對自己產生了懷疑。

「很多東西，只有你自己體會過了，才知道到底想不想要，也許你沒有你想像得那麼清心寡欲。」

沒錯，也許我根本就不瞭解自己。

我沉默了一會，拋出一個和這話題沒什麼關係、卻始終暗自懷疑的問題，「二叔，是我爸讓你這麼做的？」

因為一切的確巧合得沒有道理，二叔前腳來邀請我替他打工，在我拒絕後，我爸後腳就決定把我踢出家門。而經過昨日一天，我也覺得二叔實在不是一個有經濟餘力找打工的人。

畢竟他的生意雖然說不上差，卻也不算好，還要帶上我這個幾乎幫不上忙的傢伙，怎麼看，都是虧本買賣。而我問這個問題，與其說是求證，倒不如說好奇他會不會騙我；如果騙我，他會怎麼騙我。

「如果我說是，你要下車嗎？」

「……我不知道。」

我的話音一落，就看到二叔往一處三岔路口拐了進去，靠邊停車。他將安全帶解下，向我這裡探過身子，把我這一側的車門打開——

「你要下去嗎？」

我怔怔地看著二叔，然後轉頭望向車門外的那條小路。

「如果你下車，順著這條路，坐十一號公車就可以直接到家。我會打電話給你爸，他不會把你趕出去的。你知道，他只是演戲而已。」

「……」

下去吧，這不是剛好嗎？

我心裡這麼想著，解掉了安全帶，想要移動腳步，卻覺得重達千斤。我看向外面的瀝青地面，暗色的路面在這一刻彷彿深不見底的懸崖。我感到自己的腳在抖，心裡的那股灼燒感驀然強烈到幾乎無法忍受的地步。

「你剛才說你不知道，但很多時候這個社會是不會等你的。如果你一定要到哪個時候才明白，那麼你二叔告訴你，現在時間到了，你知道了沒有？」

下去啊！你這白痴！

我咬著牙，卻怎麼都沒有辦法控制自己的身體。

就在這時，我聽到了二叔的笑聲，他湊過來勾住我的肩膀，在我耳邊輕聲說道——

「阿琛，現在，已經沒有籠子了哦。」

聽到這句話，我的心似乎漏跳了一拍。但我隨即暗自咬牙，彷彿賭氣一般對自己怒吼——

別聽這老流氓的！我知道我想要什麼生活！下車啊！

「還是說，你要回籠子裡吃飼料嗎？阿琛？」

砰！

我重重地把門重新關上，牙縫裡蹦出了不甘心的字：「媽的！熱死了，都開冷氣了開什麼車門，還有別勾我肩膀，不僅熱還很噁心。」

「有個性，我喜歡！」

二叔仰天哈哈一笑，重新繫上安全帶，一腳踩下油門。

第四章

沉悶的心，奇異的人

我最後沒有下車的理由也許有很多，但最直接的應該是二叔那討厭的口吻。

我不知道幾十年後我會不會後悔今天的選擇，然而在關上車門的剎那，我確確實實感覺到一種心慌。就好像二叔說的那樣——

我再也回不去安全的籠子裡了。

這種心慌的感覺並不陌生，或者說，從很久很久以前就開始了。儘管我不知道確切的時間，但它確實存在。不過和現在比，區別還是有的，以前的它像蒙著一層層的薄紗，讓我看不清模樣。隨著年齡見長，薄紗的數量自然而然地漸漸減少，它開始變得清晰起來，而在剛才，那最後一層薄紗，唯一一次，可能也是最後一次，被我親手揭下。

意外的是，我竟然沒有感受到我以為會誕生的厭惡。

在做下決定的瞬間，彷彿置身於懸崖峭壁，那深不見底的深淵讓人有種隨時會掉下去的心慌感。可同時，抬起頭，我驀然發現，峰頂的視野開闊到讓人驚訝的地步。

隨之誕生的，是一種無以言狀的興奮和新奇。

「我做這行其實沒有你想得那麼久，當時出了家門，還是走了不少彎路。這玩意就和把妹一樣，很多時候其實並不是因為喜歡才去追，喜歡或不喜歡，往往是追到手之後你才知道；一個人到底適合不適合跟你一起過日子，往往得上過床才知道。」

出現了，久經風霜的渣男語錄。

嘴角抽了抽，我不予置評，乾脆閉上眼開始補眠。一晚上沒睡，我真的有點睏了。

剛要睡著，卻聽見二叔的手機響起，我有些煩躁地看了二叔一眼，繼續閉上眼，但他的聲音還是傳入耳裡——

「哦？是今天哦？我都差點忘了，妳爸怎麼樣？唔，還那樣子哦……」

「哈哈哈……嘴很甜啊。」

「OK、OK，那待會見，給妳看看妳的後輩。」

嗯？

後輩？他不會是說我吧？

我睜開眼睛問道：「二叔，你以前僱過人？」

「沒有啊。」

那看來不是說我。我放寬心，閉上眼，很快就沉沉睡去……

喀嚓！

迷迷糊糊中，我聽到了什麼聲音。

喀嚓！

的確有聲音啊……說起來，好熱啊，我記得我應該在開著空調的車子裡。

喀嚓！喀嚓！

茫然地睜開雙眼，我轉頭向旁邊看去，隨即發現一個超大的鏡頭對著我，發出「喀嚓喀嚓」的聲音。

這是什麼鬼啊！

我嚇了一跳，滑在椅子上有點下沉的身子頓時提了起來，同時發現車窗早已被搖下。

「後輩同學醒了喔～」

彷彿枕頭裡的羽絨順著輕柔的聲音滑入耳中，讓我忍不住感到一陣莫名的癢意。我望向說話的女生，她正睜大一對純淨的雙眼看著我，彷彿在看一件稀世珍寶。

不，如果要說得再具體一點，我真的覺得她此刻的樣子很像電視上那種、看到剛出生的弟弟躺在搖籃裡的小女孩——這讓我非常不自在。

我轉頭望向駕駛座，發現二叔已經不在。他去哪了？

「沈叔叔去買瓦斯了哦，一會就出來。」那個女生似乎看出我的疑問，對我說了一句後，低頭看看相機，露齒一笑：「唔，沈琛你的睡相滿奇怪的欸，幹麼皺眉頭？」

我尷尬地咳了一聲，打開車門，打量這個不認識的女生，「不好意思，妳哪位？」

女生梳著一頭斜馬尾，簡單的黑白橫條T恤，搭配藍色的小短裙，斜背一個小包包，脖子掛著一臺大大的單眼相機，表情帶點誇張式的小可愛，感覺是那種精力旺盛的類型——我很確定過往的印象裡沒有這個人，但她看起來認識我的樣子。

我很少有精力旺盛的朋友，因為我真的不擅長應付這類人。

「我叫林曉霖。」

「哦。」還是不認識，我點點頭，等著她繼續說下去。

「……」

「……」

「……？」

不行，這氣氛好尷尬，為什麼她的表情還能這麼自然地流露出疑惑啊？

我不自在地聳聳左肩，乾咳一聲，「所以說，妳是誰啊？」

「我叫林曉霖啊……」她眨了眨忽閃忽閃的眼睛，滿臉疑惑地看著我，似乎在懷疑我的耳朵出了問題。

突然覺得好累好沒勁。

某種意義上她的回答倒是沒錯啦，但這也越發顯得我更蠢了。正當我在想該怎麼和這個怪怪的女生交流時，不遠處傳來了二叔極為隨意的聲音：「哦，你醒了啊……這位是林曉霖，你的大前輩，她以前在這輛餐車裡幫過忙哦！」

「二叔你不是說你沒僱過人嗎？」

「我是沒有啊。她在這裡幫忙的時候，這輛餐車還不是我的嘛。」說到這裡，二叔愣了一下，迷茫地問我：「我沒和你說我以前是在這裡幫人打工的嗎？」

「……還真沒有。」

「哦，那現在告訴你，她是這家店前老闆的女兒。」二叔似笑非笑地看了一眼少女，滿臉揶揄，「雖然有些時候會幹蠢事，但在這裡還是滿靠得住的。」

「才、才沒有咧！」少女的眉毛豎了起來，不服氣中卻透著三分心虛。

「哼哼～」

嗯？這是什麼聲音？

「哼～」

同樣聽到聲音的少女，連忙從包包裡掏出一個塑膠盒。盒子是透氣的，她翻開蓋子，從裡面小心地捧出一隻哼唧哼唧的……小刺蝟。

小刺蝟躺在林曉霖雙手中間，粉紅色的肚皮向天，懶洋洋地伸了一個懶腰，

「毛球醒了哦……」

隨後牠試圖翻身，十分有氣勢地……動彈了一下。

一次不行，牠不氣餒，使勁再來一次，但除了看起來更像一顆球之外，沒有任何成果。

「哼哼～」牠著急地哼哼著，好像大為不滿。

「妳出來旅行還帶著牠啊，不覺得麻煩？」二叔詫異地問道。

「出來這麼久，肯定不能將牠留在家裡啊。老爸老是喜歡偷偷餵毛球喝酒……

說一個人喝酒沒意思。」

聞言，我忍不住在旁邊說：「那妳可以寄養在朋友或者同學家啊……」

「對哦！」林曉霖做恍然大悟狀，滿臉欽佩地看了我一眼，「我完全沒想過呢……你要幫我養嗎？」

說罷，她雙手托住小刺蝟向我一伸——此刻那隻小刺蝟已經完全放棄翻身，絲毫不害臊地將整片肚皮對著我。

一般都會想到吧？而且突然就讓我養……這頻道是不是換得太快了？

我茫然地眨眨眼，看著林曉霖那毫不掩飾、充滿真摯的欽佩目光，莫名有點明白這名元氣少女的腦迴路迴異於常人。

「……我隨便說說的。」

「哦。」少女毫無氣餒的意思，雙手依舊捧著小刺蝟，眼巴巴地看著我。

「……我沒養過，沒經驗。」

「牠很可愛！」

「……我是說……」

「牠真的很可愛！」

「……」誰來救救我。

「曉霖，自己顧啦，我請妳來是讓妳幫忙帶新人，不是幫妳的忙欸……」二叔在一旁看得嘴角直抽，嘆道：「在新人眼裡，妳的形象分估計已經快被扣完了。」

「哦。」少女的語氣中充滿失望。

我抹了一把額頭的汗，看向二叔，「幫忙帶新人？」

「沒錯，我忙生意不一定有空教你，只讓你看著學感覺太慢，所以幫你找了個範本。」

「生薑燒肉一份！謝謝，收您五十元。」

「阿琛，零錢快沒了，拿一點過來哦！」

林曉霖忙碌著，而我跟在旁邊試著幫忙，有點手忙腳亂。二叔今天停車的地方是在一片人流量略多的鬧區，所以生意比昨天好了不少。

至於昨天不來的原因，二叔說，是讓我看得清楚一點，否則如果人太多，他一定沒空教我，讓我自己看恐怕也看不清多少流程。但今天有人來幫忙，就能正式開始了。

昨天只是熱身而已。

就像二叔說的那樣，林曉霖在這裡屬於靠得住的類型，全然不見白天時的迷糊。而她說話的語氣依舊有一種很明顯的情感流動，聽起來幾乎可說誇張，卻終究差一點，所以不僅沒讓人討厭，反而有種被感染的錯覺。

這和待在家裡平平淡淡地做家務完全不一樣，在這裡一直有時間壓力，被人催著，看著人來人往，聽著高聲細語，空氣和身體好像都活了起來。

因為座位有限，很多人都只能打包帶走，林曉霖安排排隊隊伍的同時，一個個問他們要點什麼，用筆記下來、收錢；而我則將她遞給我的單子貼到二叔看得見的位置，時不時去收拾桌子，將客人沒有丟掉的一次性餐具，或者殘羹剩飯丟到垃圾袋裡。

這個晚上，我幾乎沒有時間習慣性地胡思亂想，因為忙到一定程度，思緒的寬度會變得狹小，卻會變得更為深入。

我一直以為人是一種讓思考來帶動身體的生物，但這一次，我發現原來身體動起來後，腦中的念頭也是會跟著跑的。

跑到我沒有跑到的地方，看到我沒有看到的風景，「無聊」這個字眼，沒有時間在腦海裡出現。

過了十點後，客人漸漸少了，二叔問我們要不要吃點東西。

林曉霖說要減肥，卻要了一點肉末和黃瓜放在小碟子裡，用手抓著餵給她的小刺蝟毛球吃。

而我坐下來，點了一份肉燥飯——我是真的有點餓了。

「很久不見喔，小妹。」一個微胖的中年大叔坐在位子上，笑著和林曉霖打招呼，「回來做工哦？給我一罐果汁，要冰的。」

「暫時來幫忙而已。」二叔插了一句，然後皺眉：「老劉你今天應該不開車了吧？」

「剛交班，今天不做了。」中年大叔用餐巾紙擦了擦腦門的油汗，苦笑著捶捶腰，「偶爾也是要休息一下，一直開車，這腰真的快不行了。」

「那幹麼不來點酒喝？」

「老習慣了，喝酒回家喝。」老劉嘿嘿一笑，臉上滿是炫耀，「我老婆每天都會在冰箱裡放點啤酒等我回去喝。」

「嘖……」二叔撇撇嘴，對老劉的晒恩愛表示不屑。當他看到對方一隻手無意識地扶著腰，揚了揚下巴說道：「你年紀差不多了，工作量要減一減，我看你再做個幾年也能領老人年金了吧？」

「我才沒那麼老！」老劉哼了一聲，隨即很開心地拍了拍腰包，「混口飯吃而已，再做個五年，房貸就還清了，接下來就可以正正經經地存錢。而且開計程車，偶爾也能碰到幾個不錯的客人，運氣好還有些遊客會包一整天。這基本上就是和他們一起玩，最後還會給點小費，又開心又有錢賺，多好。」

「你過日子真實在。」二叔嘆了口氣，「可我聽著就沒什麼期待。」

「平凡是福。」老劉搖頭晃腦地說，然後對二叔嘿嘿一笑：「我是沒法像你這麼瀟灑啦！」

「你開心就好啦。」二叔開了一罐啤酒，手向前一遞，和老劉碰了一下杯子後，也開始喝了起來，一臉享受，「工作時間喝酒真的不是一般的爽。」

……這種話說給員工聽不太好吧？

我嘴角微微一抽，看向那位比我想像中可靠好幾倍的林曉霖。她正將食物一點點地餵給小刺蝟，還時不時故意讓牠咬不著，逗弄得牠發出焦急的哼唧聲。

她笑得很得意，但依舊帶著一種羽毛的輕柔感，眼睛瞇成一條線，快樂得很純粹。

我看著她入了神，想著自己究竟有多久沒有發出如此純粹的笑聲了。

「咳，咳咳！」

二叔突然咳嗽了幾下，讓我驚醒過來，轉頭看向二叔那擠眉弄眼的表情，忍不住臉微微發熱，老老實實地低下頭開始扒飯吃。

肉燥被燉得很酥軟，肥肉軟爛到近乎化開的地步，包裹著瘦肉和飯粒，美味被平均分布在食物的每個部分，濃郁的口感混合著脣齒留香的餘味。

那餘味彷彿可以疊加一般，然而疊加到一定程度後，一旦停下筷子，就會漸漸平靜下去。為了挽留這種美好——我根本停不下來。

這種很普通的食物，不知道為何，今天顯得格外香甜，吃到最後，飯碗裡連一粒米都不剩，我有點意猶未盡地舔了舔嘴脣。

「還要嗎？」二叔似乎看出了我那莫名其妙變得旺盛的食欲。

我猶豫了一下，最終還是搖搖頭，「算了，吃多了待會睡覺會不舒服。」

二叔一揚眉，打量了我幾眼後微微一笑：「看來今天你會睡得很好。」

「希望啦。」我將吃完的塑膠碗丟到垃圾桶，在聽到二叔的下句話時身體微微一僵。

「明天上午你和曉霖去玩吧，晚上再過來幫忙就好。回來的時候順便做點準備工作，曉霖知道，你跟著她就行。」

「咦？」我……我和她還不是很熟啊，一起出去玩會有點尷尬。但讓我拒絕，終歸還是不好意思，特別對方是女孩子的情況下。

「曉霖，這幾天讓阿琛陪妳去玩好不好？」

「啊？」林曉霖茫然地抬起頭，然後反應過來，笑嘻嘻地點頭，「好啊，有人一起玩也不錯！」

「那個……你們是不是該問問我？」

「事情就這麼定了。」

「我說……」

「OK，明天早上我會去找你們的！」

……為什麼會這樣定了？

我茫然地看著這兩位，心裡只覺得有一萬頭草泥馬奔騰而過。

而在這時，二叔轉過頭來看向我，一臉的和顏悅色：「你剛才說什麼？」

林曉霖也看向我，滿臉的鼓勵之色，還向我揮了揮拳頭，嘴裡吐出「Fight」的口型——我實在看不出有什麼地方需要加油的。

她的腦袋到底是怎麼長的？

「……不，沒什麼了。」我突然沒了反駁的力氣。

喀嚓！林曉霖對著我又拍了一張照。

我跟著二叔一起搭好帳篷，剛要進去睡的時候，二叔把我叫住。

他坐在草坪上，拍了拍身邊的空地，「聊聊？」

已經十一點多了，我不知道他為何在這時候想聊天，但還是走過去坐到他旁邊。

「聊什麼？」

「嗯，只是看你今天不是很情願的樣子。」

「你指什麼？」

「明天讓曉霖帶你玩的事。」

「我的確沒什麼興趣就是。」

「哦。」二叔點點頭，隨即很詭異地換了話題，「你爸有打電話給我，問我你現在的情況。」

我有點詫異地看了二叔一眼，倒不是意外爸爸打電話給二叔，只是單純沒往這地方想——雖然聽起來滿無情的，但真的是這樣。

我出奇地很習慣沒有父母在身邊的日子。

「他沒聯繫你對吧？」

「嗯，我媽倒是傳 LINE 和我聯絡過。」我點點頭，「你滿懂他的。」

二叔笑了一聲，我卻聽不出絲毫笑意，「因為我走的時候，你爺爺也這樣。」

「……」

「……我在第二年換了號碼，所以他到死都沒有打過半通電話給我。當然，我也沒有。」二叔從上衣口袋掏出皺巴巴的菸盒，用嘴叼出一根，點上火，深深地吸了口氣，挾帶一種惆悵的感覺吐出煙霧。

在公園的路燈下，煙霧的顏色看得不是很清晰，他隔了很久才迷茫地說：「我都不明白他到底後悔過沒有。」

看著二叔的樣子，我突然有些能體會他當初選擇走自己的路時，面臨的那些掙扎和憤怒，當下輕聲問道：「二叔你後悔了？」

「你指我出走前對老頭子豎中指，然後踹門而出這件事……我真沒後悔過。」二叔雙手後撐在草地上，頭微微抬成一個驕傲的角度。他看著夜空，目光並沒有露出太多懷念之色，「不過，不管他後悔了沒有，我倒是後悔這麼晚才打電話回來。現在打回來，我才知道他們已經走了三年。」

「嗯，是因為生氣而不打電話嗎？」

「說不上，只是當初很有氣勢地踹門，最後什麼都沒有混出來，灰溜溜地打電話回去總感覺遜斃了。時間越久，就越想回去，也越不甘心回去。」被二叔咬著的香菸，隨著話聲上下抖動，他的側臉閃過一抹桀驁之色，但迅速被失落填埋，「後來嘛，你看到了，你二叔確實什麼都沒混出來。」

聽到這裡，我忍不住有些失望，雖然並不意外他的想法，可我終究還是期望這位倔強、或者說叛逆到底的二叔，會滿意自己當初的選擇，「那你依舊覺得做人很失敗？所以感覺當初選錯了路？」

二叔「呿」了聲，不屑地看我一眼，「你讀書讀傻了吧？做人失敗就一定代表選錯路了？這邏輯誰告訴你的？就算你這次做錯了幾道題，沒考上大學，難道你這麼多年書就白念了？這就算失敗了？」

「啊？」聽到這裡，我突然意識到二叔和我說這些話很顯然意有所指。

「我承認我有點失敗，也的確有點後悔。但如果當初我沒有這麼做，走上一條也許稱得上『成功』的路，我可能反而會覺得走錯路了也不一定。因為我覺得這像是在為別人過日子。」二叔搖搖頭。

「況且當初走出去，一半是因為衝動，但還有一半，其實是因為我覺得自己以後肯定無法讓他們滿意而已。再留下去，我這個最受寵的小兒子只會越欠越多，良心不安，所以也算是逃跑了。」說到這裡，他微微猶豫片刻，將那包菸丟給我，「失敗僅僅是因為能力不足，卻不一定等於當初的選擇錯誤，因此我沒什麼怨言……你要抽自己拿，別跟你爸說。」

我低頭看看被丟在膝蓋上的菸，躊躇了一下後伸出手。我不抽菸，沒想過要抽菸，也不喜歡菸的味道，但在這一刻，有一股莫名的衝動讓我伸出手，將那包菸拿了起來——隨即被二叔一把搶回去。

我愕然地看向他，不知道他在搞什麼鬼。二叔則惡狠狠地瞪著我，「你居然還真的想抽啊？作夢！讓你爸知道了，他還不掐死我！要抽以後自己去買，別在我這邊學！」

「那你給我幹麼？」

「哦，就想看你是不是表面上那麼老實而已。」二叔摸了摸下巴，意味深長地說：「挺意外的，原來是個悶騷啊……有發掘潛力。」

「……」

「唔，扯遠了，我要和你說的呢，就是，偶爾打通電話給家裡。」二叔很認真地對我說，他的瞳孔透過額前垂下的髮絲，傳遞著一種極為柔和的情緒，「倒不是說你以後沒這個機會。但這種事，多一通電話總是比少一通來得好，比起後悔做錯某件事，其實後悔沒做過才比較痛苦。」

「為什麼和我說這些？」

「唔，只是覺得某個笨小子好像在走我當年的老路，給點建議而已。」二叔說到這裡，猛地吸了一口菸，然後將菸蒂拿下，在草坪上掐滅，「上次去你家，你媽對你真的挺好的，寵得比我當初還過分……不過，反而會讓人比較想逃吧？」

「……」

「……怎麼了？啞巴了？」

「我睏了，去睡覺，晚安。」我站起來，看了眼二叔沒形象地半躺在草坪上的樣子，撇撇嘴，「兩個大男人半夜在公園裡聊天談心……有點惡寒。」

「……你這麼一說，還真有點。」二叔抱住肩膀，彷彿打了個寒顫。

❀

這世界上精力旺盛的人大多比較樂天，可我不知道到底是樂天所以精力旺盛，還是精力旺盛所以樂天。

然而，不管是哪一種因果關係，都和我不太合拍。

因為第一晚幾乎沒有睡，再加上開始正式打工，簡單地洗漱完畢後，我迅速睡著，並且睡得很死，接著恍若才下一秒，就被一陣閃光燈和快門聲吵醒——沒錯，就是如此奇葩的醒法。

「嗯……眉毛還是黏在一起欸！」

我睜開眼，便看到在帳篷口對著我使勁拍照的少女，忍住朦朧睡意，「……妳怎麼在這裡？」

「沈叔叔要我來叫你哦！起床啦，大懶蟲！」

……但他一定沒讓妳拍照吧？

我瞥了眼手機顯示的時間，七點半，倒是比昨天晚了不少，二叔今天似乎不打算買食材的樣子。

我忍不住打了個哈欠，淚水從眼角溢出，「那妳等我一下，我整理好出來……」

「喔！」少女元氣滿滿地回覆，好像有用不完的精力。

啊，好沒勁，為什麼一大早醒過來就開始頭痛了……

等我穿好衣服，和二叔打了聲招呼後，便要去洗漱，結果林曉霖一直跟在我後面，讓我非常不自在。

「沈琛，你昨天幾點睡的啊？」少女好奇地問。

「十二點吧？」我忍不住又打了個哈欠，可能是太累了，實在有點睡不夠。

「那還這麼睏哦？」林曉霖看著我的目光像在看一隻樹懶，一臉「這麼能睡，好厲害」的表情。

睡七個小時根本算不上多長，況且因為長時間宅在家裡，一直睡懶覺到日上三竿，導致我對睡眠的渴求也習慣性地變長了，七個小時對我來說真的有點不夠。再說，就算是一般人，也不會一起床就精神百倍吧？

「妳幾點起的？」

「五點半！」少女拍了拍自己的手臂做健壯姿態，雙眼閃閃發亮，「出去玩要早起嘛！早睡早起身體好！不過昨天比較晚睡就是了。」

「妳平常幾點睡？」

「九點。」

「……呵呵。」我皮笑肉不笑地扯了下嘴角，能把早睡早起這種願望當作口號並付諸行動的，在我看來都是怪人。

拜託，這都二十一世紀了，有電視、有電腦、有PS4，還有各種夜貓子場所……又不是晚上除了生孩子就沒別的娛樂的古代。

九點睡，妳真的是現代人嗎，少女？

林曉霖在廁所外停下，時不時冒出一句「好了嗎」、「還要多久啊」、「你早餐想吃什麼」、「我想吃餛飩」之類的話。而我時不時地「嗯」、「哦」發聲來做為回應。

最後當我洗完走出去的時候，我看到二叔在遠處向我招手。

「怎麼了？」

「喏，這是清單，回來的時候把這些東西買回來，不要超過四點，還要做些準備。」

二叔遞給我一張紙。我低頭一看，發覺上面的東西大多是調味料，以及一些便於攜帶的香料類蔬菜，量雖然不少，但估計不會有太大問題，「到時候找我報銷，對了……你怕不怕高啊？」

「多少有點。」

二叔極為憐憫地看了我一眼，重重地說了一句：「那你保重。」

「……哈？」

「看在你是我唯一的侄子的分上，給你個忠告。」二叔語重心長地說：「少吃點。」

第五章

鏡頭之內，別有天地

「為什麼要玩這個啊啊啊啊啊啊!!」

整個天地在我眼前倒轉，炎熱的空氣在這一刻早就帶來不了絲毫溫度。我看不見前方，只看見後方的景物不斷迅速地遠離我——直到出現湛藍的天空。

心中泛起不祥預感的同時，一種失重後加速墜落的感覺伴隨著恐懼突然襲來。

「啊啊啊啊!!」

「啊哈哈哈哈哈～～」少女興奮的笑聲在我耳邊響起，「再快點啊!!」

……啊，爺爺，您這是來接我了嗎？

「喂、喂。」

一隻白皙的手五指張開，在我眼前晃了一晃。

我回過神來，呆滯地看了一眼身邊的林曉霖，嘴角扯出不知道算不算是笑容的表情，「幹麼？」

「結束了哦，你還想再坐一次嗎？」林曉霖露出看似純真、其實非常可怕的甜笑，「哎，其實我也有點想呢……」

我猛地打了個寒顫，迅速解開安全帶，低著頭走出護欄——我不想再死一次。

林曉霖今天的活動目標是最近廣告打得鋪天蓋地、號稱全國最刺激的遊樂園，並且擁有破世界紀錄的雲霄飛車。

雖然現在是二十一世紀，娛樂活動五花八門，但遊樂園其實沒有太多創意，一旦提出「刺激」這兩個字，普遍都是靠雲霄飛車吃飯，或者是「鬼屋」之類的場地。

在我看來其實滿單調的，而且我對這種在高空跑來跑去的交通工具沒有興趣。嗯，最主要是高。

小時候父母帶我去過一間遊樂園，當時我對一個看起來高高的氣墊玩具建築十分感興趣，便混在一堆小朋友裡排著隊爬上去，結果到了頂端才發現——

好高!!

媽媽我下不去!!

然後就在大庭廣眾下沒臉沒皮地哭喊著求救了，頗有電影裡女主角在高樓大廈上呼叫超人的氣氛，最後是一個叔叔邊笑邊把我抱下來。我永遠記得父母當時略顯尷尬的表情——所以從那時起，我就明白高空活動真的不適合我。

也因為那次經歷，我沒有再去嘗試在我眼裡更為瘋狂的雲霄飛車。所以在今天之前，我一次雲霄飛車都沒坐過，也沒興趣坐。

因此，當一個女生邀請我去坐雲霄飛車，我猶豫了很久要不要拒絕。拒絕的話頗損男性尊嚴，接受的話則有損自身壽命……別笑，這是個莎士比亞式的煩惱，而且遠比他的「生存還是毀滅」要來得貼近生活——

要面子還是要命，這是個問題。

但林曉霖完全沒有這種詩情畫意，我最後被她半拖半拽地拉上車。

我突然很感謝二叔今天早上的忠告，託他的福，我沒吃早餐。而不知道是嚇的還是餓的，我現在腿有點發軟。

「林曉霖同學……妳日子都過得這麼刺激嗎？」

「先去接毛球！」少女一把抓住我的手臂就精力旺盛地往前衝。她迅速地跑到櫃檯，將剛才寄在工作人員那裡的小刺蝟接了回來，又到儲物櫃取回自己的相機和包包。

毛球很不滿意地哼了哼，少女小心翼翼地捧著，將牠放到肩膀上，「替我拍張照片吧，沈琛！」

她不等我回應，直接就把相機交到我的手上，我甚至還來不及答應她。

我低頭打開相機後，卻發現是我睡在帳篷裡的場景。我微微一愣，因為看到了自己的眉間……好像真的皺著，彷彿睡覺也是個累人的工作，配上本就挑染的白髮，看起來似乎心力憔悴。

為什麼會這麼累呢……

明明就沒做什麼事不是嗎？

不，或許就是沒做什麼事的關係吧？

「你在幹什麼？」林曉霖滿臉好奇地看著我。

「啊？哦，抱歉，馬上好。」我將相機調到了拍照視窗，鏡頭對準了林曉霖。透過那個方形的框框，只見林曉霖很親暱地將刺蝟貼在臉上，笑得嫣然如花；陽光斜照在她的身上，散發著暖洋洋的味道。

她好上鏡……我一瞬間發怔。

「唔？你拍了嗎？」

「啊？哦哦，要拍了，別動哦。」我感覺自己的臉有點發熱，按下快門的瞬間——

喀嚓！

時間在相機上定格，我看了一眼自己拍的照片，覺得沒什麼問題後就交了過去，隨即聽到少女驚呼一聲——

「你拍得好好喔！」

「呃，是嗎……」我有點不好意思地摸摸鼻子。我不是很習慣被誇讚，尤其是異性。

「我都沒辦法把自己拍得這麼好！我自學攝影好久了耶！」少女滿臉欽佩地看著我，那表情近乎喜劇電影裡的誇張，卻感覺不到虛假，反而因為豐富的表情，驀然覺得她說話的樣子有點可愛，「你很有天分啊！」

「一般用相機也很難把自己拍好吧……拍的時候都看不到。」

「是、是嗎？好像是哦……」少女彷彿這才反應過來，看起來有點不好意思，卻還是強撐著，眉毛很喜感地豎起，「但總、總之就是很厲害啦！」

她的小臉有些紅，似乎有些尷尬，一邊說，眼珠一邊骨溜溜地轉著，隨後突然一指我的背後，也不知道是轉移話題，還是真的心動了，「我要吃那個！」

我轉頭望去，發現是間甜點店，白色的屋簷配上淺藍色的牆面，在陽光下有些顯眼。我沒來得及說話，就發現林曉霖已經甩著她的斜馬尾越過我，一路小跑，穿過人群的同時，拋下一陣充滿期待的呢喃聲——

「應該會很好吃吧～」

聲音裡洋溢著滿滿的幸福感，我不能理解她到底為什麼可以這麼容易感到滿足，因此忍不住好奇，加快腳步跟了上去。

甜品店理所當然地開著空調，冰涼的空氣讓我忍不住輕吁一口氣。畢竟是暑假期間，頂著大太陽在遊樂園，高溫加上聚集在一起的人，溫度以一種令人煩躁的速度上升。

林曉霖的坐姿不像個淑女，正嘟著嘴將下巴擱在桌子上，整個人很沒形象地趴著，以一種「用眼神殺死你」的目光看著鋪在桌面的菜單。她甚至還憋著氣，因為我發現她的臉越來越紅……

「噗哈……」突然，她長出一口氣，抬起頭，愁眉苦臉地托腮，「選哪個呢？」

「喜歡哪個就選哪個囉……」

「我都喜歡啊……」

「……這樣啊，妳慢慢選。」我拿出旁邊的面紙，擦了擦額頭的汗漬。

「你點哪個？」

聽到這個問題，我微微一愣，剛想說「隨便」，那碗難吃到喪心病狂的拌麵就從腦海中浮現。所以我看了菜單良久，最終將手指點上一杯插著兩片沖繩傳統食品珍楚糕的抹茶冰淇淋球。

「那我也要這個！」

「……剛才明明還在猶豫，這樣就定了？」我詫異地看了她一眼，「我隨便點的，別太相信我啊……」

「和你點一樣的，待會才不會嘴饞啊！」林曉霖理所當然地說著我沒有辦法理解的邏輯，一臉篤信地點點頭，彷彿要為自己打氣一樣，「一定會好吃的！」

兩份甜點很快被端了上來，冰淇淋盛在高腳杯似的容器裡，兩片珍楚糕斜倚。我剛要將湯匙拿起來，就聽到——

喀嚓！

我抬起頭，只見林曉霖正一臉興致勃勃地對著甜點拍照。而她看向我的時候，似乎滿臉疑惑。

「怎麼了？」我不習慣被人盯著，被她看得有點不自在。如果是同性，我也許會瞪回去，或者無視，然而如果是異性，我會覺得尷尬指數直線上升。

「你不拍照喔？」

「嗯。」我應了一聲，挖了一小勺抹茶冰淇淋，放入嘴裡。

冰涼的溫度混合著抹茶的苦味在口腔裡化開的瞬間，濃郁的清甜便席捲而來。我有點詫異地揚揚眉毛，大多數店家會把抹茶冰淇淋做得太甜，本身的抹茶味往往極淡，但這家……在遊樂園裡還這麼有良心，真的不多。

林曉霖很緊張地看著我，似乎很在意我吃下第一口甜點時的表情。也許在其中看出了什麼，她很開心地雙眼笑眯成一線，「是吧？果然好吃吧？」

「唔，還不錯。」

聽了這句話，她笑得更開心了——我覺得就算是這家店的老闆，也不會笑得這麼開心。

她直接用手將珍楚糕拿起，在冰淇淋上一沾，咬了一口——

「嗯～」

彷彿一個老酒鬼在盛夏喝到第一口冰啤酒那麼誇張，她的笑容裡寫滿陶醉，似乎天底下再沒有比此刻更讓她滿足。

看到這個笑容，快樂一下子成了一種極易感染的病毒，不知不覺，我也輕笑出聲。

「嗯？」少女一臉好奇地看著我。

我感覺自己的臉微微一僵，「怎麼了？」

少女疑惑地問：「我還是第一次看你笑得這麼開心，有那麼好吃嗎？」

好尷尬……

我摸了摸鼻子，乾咳一聲，「呃，看妳吃東西的表情挺誇張的，我才想問呢……雖然味道的確不錯，但感覺也沒到這麼……」

我伸出手試圖比劃她剛才的表情，擺弄半天卻有點無法描述，而且我也沒那勇氣模仿……不，應該說我模仿不了那種表情。

「……有那麼好吃嗎？」

「有哦。」少女眨眨眼，「不過看你昨天吃東西都沒什麼表情呢，你一定是嘴巴很挑的人對吧？覺得那些不夠好吃。」

「呃，也沒有，昨天的晚飯還挺不錯的……」我搔搔腦袋，沒料到對方這麼敏感，還以為她是那種什麼都容易忽略的粗神經類型。

「那為什麼連『好好吃』這種表情都沒有呢？」

「……只是一般的好吃啊，沒必要到眉飛色舞的地步吧？」

「你的『表情』……」林曉霖皺皺鼻子，似乎大為不滿，「好貴的樣子……」

「這還有『貴』和『便宜』的說法哦？」

「人和動物最大的區別就是有超級、超級豐富的表情！」林曉霖指指自己的臉，感嘆地說：「如果不多用用，好浪費。」

原來是節約主義者嗎？不，看她這副樣子，只是替自己找理由吧……

「唔！」

林曉霖突然拉住自己的臉頰對我吐舌頭，做了個不像哭也不像笑的搞笑怪相。

「妳幹麼？」我不由得目瞪口呆。

「你做得出這種表情嗎？」因為做著怪相，林曉霖說話的聲音有些發悶，還帶著一點蠢蠢的萌味，「我還差一咪咪就可以舔到鼻子了哦！」

她還真的不怎麼在意自身形象啊……

「呃，做不到，妳真厲害，呵呵。」我乾笑兩聲恭維著。

「做表情這種事呢，就和肌肉一樣，長時間不用，會越來越弱，變得越來越不好用。」她放下手指，揉揉臉頰，似乎剛才捏得太重讓她有點不舒服。現在她的聲音倒沒有太多情緒，只是透著一股異樣的認真，「長時間不笑，你會越來越不開心哦，因為你都不會笑了。開心這種事，也是需要練習的……是吧～毛球？」

說到末了，她把放在桌子上的盒子打開，毛球圓滾滾的身體露出。她看著那隻小刺蝟，滿是喜愛。

忽然，她發出一聲輕微的驚呼，看著那隻小刺蝟在桌子上緩慢地爬動，最後……來到了我的手邊。

「毛球很喜歡你的樣子欸……」她看上去有點失落，那口氣彷彿是自己養了好久的兒子和外面的女人私奔了一樣。

「是嗎？」我被她怨念的眼神看得有點罪惡感，忍不住問道。

「牠應該超怕生的才對。」林曉霖氣鼓鼓地嘟起嘴，「我當初討好了牠好久好久呢……」

我試探性地摸摸毛球，發現牠迅速地縮成一團，刺軟軟的，摸起來感覺沒什麼殺傷力，「是嗎？唔，也許應該說我沒什麼威懾力，因為大部分動物都不怎麼怕我的樣子。」

特別有不少陌生的狗看到我的瞬間，會一點也不怕生地到我面前汪汪叫——所以我從小跑步就還挺快的。

說完這句話的瞬間，我發現林曉霖的肩膀徹底垮了，精神狀態彷彿霜打的茄子般蔫了下來，「嗚……好羨慕啊……」

我看著面前這位帶著稚氣的少女，哭笑不得——看氣氛還是轉話題比較好。

「妳現在念哪裡？」

「開學就升高三啦！馬上就是地獄了！」林曉霖嘿嘿一笑，但看起來似乎並不愁苦，反而鬥志滿滿的樣子，「所以我趁這最後可以輕鬆的暑假出來玩啦，第一次自己一個人出來旅行，我要瘋到開學再回去！」

我微微一愣才反應過來：「妳不是本地人哦？」

「不是啊。」林曉霖眨眨眼，喜孜孜地指著自己的鼻子：「我看起來很像首都的人喔？」

「啊？呃……唔，也許有點？」我有些不確定地附和一聲，「這個年紀，如果不是本地人，感覺很難像妳這麼大膽地一個人跑到這裡瘋玩那麼久吧？」一點不安和怕生的表情都沒有……而且，一般家人不太會允許吧？

「以前爸爸開店的時候可不會跑這麼遠，都是在一個城市裡巡迴，還是沈叔叔做生意有趣多了，他跑了好多地方呢……」少女顯然對我那個浪子似的二叔更為欣賞，但也僅僅是定義在「有趣」這兩個字上。

不，也許對她來說，沒有什麼比「有趣」更重要了。

「妳父母同意讓妳一個人出來？」我小心地問了一句。

「不同意啊。」少女理所當然地回答。

「哈？」

「雖然他們不同意，但我還是出來了。哼哼，我存了好久的零用錢，再加上幫沈叔叔打工，旅費什麼的應該可以搞定，沒錢了就回去，反正我要把錢用完！」林曉霖說這句話時，臉上一點壓力都沒有，似乎完全不擔心父母會責備。她嘻嘻一笑，「每天打個電話給爸爸報平安就好。」

……雖然有點意外，但某種角度上來說，也不是太意外就是了。

「他們不生氣？」

「生氣啊。」林曉霖滿臉幸福地挖了一勺冰淇淋到嘴裡，「唔～好！吃！」

這理所當然到讓我無法接話的感覺是怎麼回事？

我揉了揉有點發脹的太陽穴，莫名有點可憐她的父母了。

「你呢？也在放暑假喔？」林曉霖拋出了個讓我心頭微跳的問題。

我含糊地應了一聲。

必須承認，我對自己現在的狀況終究有些羞恥。

「那你有想考的大學嗎？」林曉霖直接跳過了年齡和年級的問題，迫不及待地追問：「有嗎？」

「唔，我還沒想好。」我低下頭，謊言一旦開始，就往往需要更多的謊言——我實在不太擅長這個。

說謊這技能往往是八面玲瓏的類型才能拿手，像我這種覺得很多事都麻煩、很多人也麻煩的類型，很大程度上就是因為認為人和人交流需要謊言。

記得曾經見過一種說法，表示正常人之間的交流，平均每十分鐘就會說一次謊。謊言的確會製造問題，但大多數情況下反而可以解決和逃避一些問題。

然而，最大的問題是——我不喜歡面對那些問題。

就比如現在。

幸好對面的人是林曉霖，她看起來絲毫不在意，興致勃勃地繼續說：「是嗎？快點決定會比較好哦？我想要考複關大學攝影系！」

這個攝影科系我是沒聽過，但複關大學是一所相當難考的國立大學，加上路途對我來說有些遠，因此之前從沒考慮過。

「以後想當攝影師？」我有些羨慕她，因為她已經找到自己的目標，而且看上去很堅定，完全沒有懷疑的餘地，「妳成績很好哦？」

也只有這樣的人，生活裡才會滿是陽光吧？

「沒有啦，還在中游徘徊，所以進了高三就要開始閉關，不能出來玩啦。我現在的成績，不努力肯定沒戲唱的啦。」林曉霖苦著臉，伸手摸了摸毛球，「只有毛球能陪我啦，反正也就吃苦一年而已。」

她嘴上說「一年而已」，但表情絕不是「而已」的意思。

這時我也發現，她的表情的確如她所說的那樣，豐富而有力。那明朗的情感在她毫不掩飾的態度下流露出來，自然而不做作——我學不來。

也許，快樂這種事，真的是需要練習的。

「這所大學挺難考的，妳有想過別的目標嗎？我是指第二志願。」

「沒有……」

「建議早點想好喔。」我提出建議。我自己很大程度上就是因為沒有想好這點，落榜後反而無所適從，「雖然這話不是很好聽，但總得做好備案。」

「不要。」

林曉霖搖搖頭，「我才不要現在就想呢，這可是我的夢想，不單單是學業之類的小事……」

我搖搖頭，並不認同她的想法。因為學業應該稱不上小事吧，一所大學，可以大大左右你的後半生，特別是找工作的時候。

「為什麼？」

「為什麼？」林曉霖微微一愣，似乎很奇怪我會問出這種問題，皺著眉思考了一會，「比如，比如說……如果你以後要向一個女性求婚，你會在行動之前想『啊，如果她拒絕我，我就向她妹妹求婚吧』之類的嗎？」

不得不說，她的話讓我愣了一下，這句話的邏輯詭異卻又有點道理。

「誠意這種東西咧，會影響你對她的付出喔。老想著後路的話，很多時候本來可以成功的事，反而會失敗。」林曉霖搖頭晃腦地說著，然後不好意思地笑了笑：「這句話是我爸說的。」

我半晌回不了話，最終還是忍不住又問了一句：「如果……妳真的失敗了呢？」

「唔……如果是我的話，再讀一遍嘍！」

我愣住了，在這一刻幾乎無法相信，為什麼有人可以輕描淡寫地做出這個決定。

「因為我就是這麼想拍照啊！」說著，林曉霖露出大大的笑臉，那笑容在一瞬間讓我覺得分外羞愧，「所以啊，我覺得我一定會考上的，開學後我一定會好好努力！」

「沒錯，妳一定會考上的，沒有人比妳更有資格考上了。」我忍不住微笑著鼓勵，心裡暖洋洋的一片，彷彿被冬日裡的陽光照射到一樣。

「嘿嘿～就是說啊～」林曉霖十分得意地頭一揚，彷彿她已經考進去了一樣。

而我則有些恍然。

也許我考不上不是因為我發揮不好。責任並不在於那虛無縹緲的運氣，僅僅是因為……

其實我沒那麼想而已。

因為到現在為止，我依舊駐足不前。

第六章

下了列車，上了餐車

後來我們還去玩了鬼屋，不，或者稱之為被鬼屋玩更確切一些。

短短不到五分鐘的路程，我們在昏暗的房間繞來繞去，鬼屋內的機關以及由人扮演的殭屍嚇得林曉霖尖聲驚叫。她似乎快被嚇哭了，連聲音都變得哽咽。

我卻依舊能感覺到那哭腔中略顯突兀的俏皮笑意。

至於我？雖然有些丟臉，我只是被嚇得叫不出來而已……離開的時候，腳還有點發軟。倒不是說裡面的殭屍做得多逼真，只是單純覺得很多地方實在太過驚悚，而那些演員也真的太會找視覺死角來嚇人了。

就算他們不是那些死人似的裝扮，僅僅是素顏也能把我嚇得半死。

走出鬼屋後，我才發現她抓著我的手，臉上緊張混合興奮，眼角隱隱帶淚，卻意猶未盡，大有再來一次的感覺。

「嗚嗚，好嚇人，我們再來一次吧……」

姑奶奶唷，妳放過我行嗎？

但我身為男人的自尊心，不允許說出這麼沒品的話，於是只能乾笑兩聲：「票上寫著每樣限定一次喔……」

感謝這「限定一次」的摳門規定，我相信舉辦方訂立這個規定，絕對不僅僅為了管理和省錢。

「好可惜……」林曉霖滿臉失望，然後好奇地問我：「你剛才被嚇到了嗎？」

「還……還好啦。」我乾咳一聲掩飾尷尬，在內心深處擦了一把冷汗：她居然沒看出我腳軟了？

這是一種很奇怪、很不公平的社會壓力以及自我壓力，如果我是女生，估計我可以毫無心理負擔地說好可怕之類的，但如果是男生還這麼喊……

那效果就和我穿超短迷你裙差不多了。

「喔喔，你很厲害喔！」

嗯，當然裝作若無其事被人誇獎也是一件暗爽的事——尤其誇我的是女生。

我們一直瘋到下午一點半，中餐只是很簡單地吃了熱狗，便離開了遊樂場。

因為二叔的清單還在我這裡，他讓我們四點前回去，保險起見，不能玩太晚。

自遊樂場門口牽出機車，林曉霖很乖地戴上安全帽，我在前，她在後，雙手扶住我的肩膀，「老規矩，我指路，你往前騎就好！」

她是一個很神奇的女生，明明不是本地人，對陌生路況的掌握能力，卻讓我覺得她腦子裡有一張與生俱來的生物地圖。

我問她是不是記住了整張市區地圖，她說沒有，但只要記住大概的方向和距離，跟著感覺走自然就可以到。甚至她還記得來遊樂場的路上，有路過一間大潤發，去那裡買完後，便可以逕直回二叔的店。

進了賣場後，她抬著頭看看幾處標牌，認準目標，一點猶豫都沒有，也沒有走半點冤枉路，迅速地塞滿籃子、交給我，又給我另一籃……

她甚至沒有看清單。

「妳知道要買什麼喔？」

「是啊，沈叔叔都沒做什麼新菜品，昨天我看一眼就知道他想要什麼了。」

「這麼熟練，妳做多久了啊？」

「不記得啦，小時候就在老爸店裡玩，玩著玩著就開始幫忙……嘖，這家店有點貴啊。算了，也沒差太多就是。」林曉霖有點不滿地嘟囔一聲，將一盒紙盒包裝的米醋放進籃子，「老爸生意很好，超級忙的，後來沈叔叔來了才輕鬆一些。」

「為什麼妳爸不做了？」我有些好奇，要是生意真的很好，直接不做多少會覺得可惜吧？特別是拖家帶口的成年人，換工作應該會特別謹慎才對。

「也不是不做，只是因為賺夠了，又不想跑來跑去，就打算開一家有店面的小吃店而已，所以把餐車便宜賣給了沈叔叔，否則車子就只能放到報廢了。」林曉霖聳聳肩，走出蔬菜區的時候，隨手丟了把蔥、蒜頭，還有一包麵粉進去。

「唔？有這些嗎？」我記得二叔要買的幾乎都是調料。

「這些用起來挺快的，但體積和重量都不大，建議你每次來都稍微帶一點喔，否則等到沒有了、一次性買太多會超級麻煩……」林曉霖搖搖手指，笑嘻嘻地回過頭，「不要只聽老闆的，有些小竅門他自己都不清楚咧！這就是經驗喔，後輩同學！」

「那個……嗯，我比妳大。」

「那也是後輩啦！你不服氣哦？沈叔叔也是我後輩咧！」她轉過頭，將一雙大大的眼睛瞪得更大，似乎努力要做出凶神惡煞的表情。看在我眼裡，卻莫名覺得有些可笑。

我忍住笑意，轉過頭，「……呃，都拿完了，我去結帳……」

「……你這表情是什麼意思，就算不害怕也不要笑嘛……」林曉霖不滿地在我身後抱怨。

今天的營業地點和我來的第一天相同，就在市立公園附近的轉角處。

「不錯不錯！」二叔很滿意地接過兩個大袋子，往裡望了望，讚許地看了林曉霖一眼，「不愧是大前輩！我會替妳加工資的。」

少女聽到這句話，似乎全身的毛孔都舒張開了。她一臉求表揚的表情，「是吧！雖然很久沒做這個了，但我還是很熟練的！」

我突然想起我家對面某戶人家養的柯基，那隻柯基把主人丟出去的飛盤撿回來時，表情就和林曉霖現在差不多。

二叔回過身，從車廂抬出幾張椅子，又拿出一個大大的鐵盤和一袋已經切好的雞肉。那一瞬間，我聞到了胡椒的味道，忍不住打了個噴嚏。

二叔瞥了我一眼，不屑地搖搖頭。而站在旁邊的林曉霖，從袋子裡取出麵粉和麵包粉，又隔著吧檯拿了一盒雞蛋，以及一個金屬小桶。

「曉霖，教教他。」二叔點點頭，大拇指往身後一點，「我先忙別的。」

「明白～」林曉霖可愛地行了一個不標準的軍禮。

她讓我坐下，坐在旁邊指使我做事。她先要我把麵粉倒進金屬小桶，然後開始打蛋；接著，將打勻的蛋液倒入金屬小桶，與麵粉拌勻後，她小心地倒了一點礦泉水進去——

「注意看我放的量。記住喔，水不能加太多，否則麵衣會很稀，不容易沾上，但加少了也不容易拌勻。」

「比例是？」

林曉霖眨眨眼，想了一下，「我不知道，反正靠感覺啦，感覺！」

「什麼感覺？」

「你感冒時擤鼻涕一樣的感覺……也許比那稍微稠一點點？」

我忍不住抽了一下嘴角，這比喻……是用來做吃的嗎？有點噁心。

將醃製好的雞肉往裡一沾，裹上麵衣、拿出來的剎那，我彷彿看到一堆白色的鼻涕很噁心地黏在雞肉上——我發誓我再也不吃這個了。

最後林曉霖將裹上麵衣的雞肉在麵包粉裡隨意地沾了一下，便在鐵盤上放好。

「裹上麵衣的雞塊不要放得太近，否則一軟下來碰在一起，等會就很難分開啦。所以寧願少放點，隔遠一些。」林曉霖一邊動手一邊教我，「一般來講，做這個必須快一點，不然麵衣一會就乾掉了，還會變形不均勻。要用最快速度解決它，喏……」

林曉霖一努嘴，「沈叔叔應該已經開始熱油鍋了。」

「這麼快就炸？」我有點愕然，「我以為他都是現炸的。」

「的確是現炸啊，這只是炸第一遍而已，把雞肉炸得半熟，讓麵衣固定住，到時候客人一來再炸第二次就好啦。如果全都一起弄，時間上會來不及，而且急急忙忙的，也很容易讓客人吃到生的或者炸過頭的。」

林曉霖詫異地看了我一眼，「你連這個都不知道？」

我忍不住微微臉紅，雖然我在家裡會做一些家務和菜餚，也僅僅是能吃而已，完全搆不上做生意的級別。

很快，將整整一盤裹好麵衣的雞肉遞給二叔，等我們再擺上第二盤時，恰好全部完成。

雞肉的量剛剛好，麵衣也剛剛好，算得很精確，幾乎沒有浪費。

一種長時間積累出來的經驗，在不經意間小小地震撼了我一下。看著林曉霖和二叔忙碌時的隨興神態，我突然有些羡慕，並且開始欽佩。

並不是說我覺得這些事有多難，但能將各式各樣細碎的小事結合起來，無意中流露出的專業氣息……的確有一股異樣的美感。

好帥。

一瞬間，我的腦海裡就只有這兩個字而已。

隨著準備工作的進行，夜幕也逐漸降臨，二叔已經將車上的燈籠點亮。在燈光逐漸明顯的時間裡，餐車裡飄出來的食物香味也開始變得誘人。

「一會要辛苦了，你們想吃什麼？我做給你們吃。」二叔略顯懶散的聲音傳來，「先說好，別點太麻煩的喔……我懶得做。嗯，這話是對你說的，阿琛，曉霖的話想吃什麼都行！」

我張了張嘴：「……為什麼有這種差別待遇？」

「曉霖是大前輩嘛。」二叔理所當然地哼了聲，「沒有差距，怎麼體現大前輩的尊貴。」

「就是就是！」林曉霖笑嘻嘻地點頭，突然湊過來對我悄悄說：「待會可以讓你吃一點喔！」

突然湊近的髮香、略顯俏皮的輕柔語調，讓我的心臟停擺了一下。我僵硬地點點頭，「喔……那個，謝謝。」

「我要吃糖醋肉！」

「妳還真不客氣啊……」二叔嘆息著搖搖頭，便開始低頭做事，「小心發胖喔。」

「不會，糖醋肉不會辜負少女的愛意！」

唔……我好像快習慣她的邏輯了，聽了這句話我竟然沒有太意外，僅僅有種無力吐槽的感覺。

「阿琛，你吃什麼？」二叔再次催促我：「等會客人來就不一定有時間了，快點決定。」

我看了一眼林曉霖，心中微微一動，「我和她一樣，一起做就不麻煩了吧？」

二叔一愣，抬起頭笑罵：「小滑頭。」

熱騰騰的糖醋肉很快被端了上來，二叔做了一大盤放在一起，然後給我和林曉霖一人一杯柳橙汁，「要吃飯嗎？」

「喔，給我一份。」我點頭，林曉霖則搖頭拒絕，她很專注地拿了一個小碗吃著糖醋肉。

林曉霖的嘴很小，卻貪心地想把一大塊糖醋肉吃下去，脣邊染上糖醋醬也毫不自知，彷彿一隻偷腥的小饞貓，絲毫不在意魚缸裡的水藻黏到身上。她咀嚼的速度非常快，卻因為嘴裡的食物太大，無法馬上吞嚥，導致我看的時候都覺得……她吃東西好累啊……

「喂。」

二叔叫了我一聲，我一愣，轉過頭去發現他滿臉揶揄的笑容，眉毛很猥瑣地聳動幾下，無聲地用口型說：「好、看、嗎？」

無聊。

我對他翻了個白眼，低頭扒飯，期間沒有再看林曉霖一眼。

筷子夾起那閃爍著冰糖葫蘆般光澤的肉塊，隱隱能感覺到略帶緊實的彈性。還未將食物塞進嘴裡，鼻尖已聞到一股誘人至極的酸甜香味。

而在食物入口的一瞬間，可以感覺到酸甜而濃稠的醬汁，將口腔刺激得分泌出更多唾液，從胃部傳達出渴望的信號，牙齒咀嚼的第一下還沒有到底，我就因為滾燙的溫度忍不住張了張嘴巴。

但同時，在口腔裡蔓延出的濃郁肉香，卻讓我捨不得吐出來。

我小心地咀嚼著，忍著幾乎要被燙出的眼淚，好一會，才滿足地嘆一口氣……

當最後一點酸甜的肉汁混合著米粒被我嚥下，將嘴擦淨後，我低頭看了一眼手機，五點半，時間差不多了。

剛想要問二叔我需要做什麼時，二叔的回應倒是讓我愣住——

「暫時不用你幫忙，但你是不是有什麼事還沒做？」

「啊？」

「今天星期六。」

「現在沒上學，你這裡也沒休假，星期幾和我沒關係吧？」

「電話。」二叔在耳邊比了一個手勢，「你還沒打電話回家吧？」

「有聯繫過。」

「簡訊嘛，我知道。」二叔擺擺手，似乎對我的聯繫方式表示不屑，「你知道電話為什麼會被發明出來嗎？」

「……？」

「因為大家意識到，很多時候光靠寫信是不行的。」二叔掏出車鑰匙遞過來，「所以才有電話、所以現在還發明了視訊。」

比起電話，我的確更習慣傳簡訊，因為我覺得那樣比較方便快捷，而且簡訊比直接開口更容易控制自己想要表達的意思。

因為打字交流時，會有足夠的思考時間。

「給我這個幹麼？」我看著他手裡的鑰匙，並沒有接過。

「讓你上車打電話，鑰匙給你，開空調吧。」二叔的手又往前遞了遞，「工作時間讓你打私人電話，上哪找我這麼好的老闆？別扭扭捏捏了，你是男人吧？」

聽到這句話，我忍不住皺起眉頭，默默地接過後，想了想：「我爸打電話給你？」

「嗯。」

「然後呢？」

「什麼然後？就問問你怎麼樣而已。」

「你怎麼說的？」

「怎麼？怕我說你壞話啊？」

「不用你說壞話，我爸本來就對我不滿意。」我搖搖頭，腦海裡浮現那張有點不近人情的臉，「就算你說好話，他也能挑出毛病來。」

「那倒是。」二叔笑了笑，「他的脾氣像你爺爺。」

「可惜我的脾氣不像你。」我搖搖頭，如果我的個性像你，也許就不會像現在這樣停駐不前了。

「阿琛。」

「嗯？」

「人的壽命基本上差不多，也確實有不少同齡人會努力讀書、努力工作，如果不是這兩種，滿多人會說這是浪費時間、浪費青春吧？」

「你是想說這種看法是錯的？」

「不，我只是想說我不喜歡這種看法而已。反正正確答案不只一個，這又不是學校裡的考試……」二叔搖搖頭，感嘆一聲，「大概就是因為我這麼想，小時候成績才那麼爛吧？」

「那你喜歡哪個？」

「努力讀書和努力工作的人確實值得讚揚，但我相信我在瘋玩的時候，一定要比他們吃苦頭時爽得多……」二叔得意洋洋地搖頭晃腦，彷彿占了多大便宜似的，「就好像吃肉包子一樣，有人會把肉餡放在最後吃，有人會先把肉餡吃了……你是哪種？」

「……肉放在最後吧，頂多吃麵皮的時候咬一點，留個期望在後面，感覺會更好。」

「我以前也這樣。」二叔一臉沉痛地說：「但有一次我辛辛苦苦啃著乾巴巴的麵皮，就剩那最後一塊肉了，還熱騰騰的，覺得總算可以一口滿足，結果手一抖……它竟然掉了！你知道那是什麼感覺嗎？整個包子掉了我都不會那麼心疼！」

二叔的臉頰微微一抖，似乎還記得當初痛徹心扉的感覺，「反正從此以後，我就不會特意把肉留在後面了，萬一手一滑又掉了……多慘吶！」

「哈……」雖然很能理解，但二叔這一臉好像初戀分手的表情實在太……

似乎看穿我在想什麼，二叔有點不自在，滿臉嫌棄地揮揮手，「好了，進車裡打電話，別妨礙我做生意。」

我無法拒絕，於是坐進車裡。

拿出手機的同時，順手開了車內空調，之後我開始對著螢幕發呆——別問我為什麼，發呆這種事並不會發生在一個人要去做喜歡的事之前，也不會發生在做討厭的事之前……通常發生在，自己都不知道自己是否想做這件事之前。

我分不清這是自己的意願，還是來自二叔的要求。

當我回過神來的時候，我已經撥了爸爸的手機號碼，就好像我的大腦根本沒有回憶號碼的過程，手指自然就記住了該按哪個鍵，一點生疏都沒有。

一陣忙音過後，電話被接了起來。

「阿琛？」父親低沉的嗓音在聽筒中響起。

「嗯。」

通話陷入詭異的沉默，我們父子很少有機會坐在一起聊天，雖然我在家的時間很多，但不知道是有意還無意，總是缺少一點契機。

這導致我即使撥出了電話，也不知道該怎麼開口。

「……怎麼想到要打給我？」

「因為二叔讓我……」話說到一半，我就知道自己說了一句蠢話。

父親苦笑一聲：「他不說你就不打了是嗎？」

我感到臉有點發熱，無比懊惱剛才怎麼會順口說出這種蠢話，「我不是這意思。」

「不，你就是這意思。」父親自然不信這句連我自己都不確定是否為謊言的話，「我沒生氣，只是有點失望……你腦子裡到底在想些什麼？」

「沒什麼啊……」我說的是實話，父親卻從來不信我，「我真的什麼都沒想。」

「……算了，不多說。」父親結束了這個話題，依然沒有相信我的意思。他總是堅持發呆是不可能持續這麼久的，「在外面還習慣？」

「嗯，還行。」

「……」

「……」

氣氛一下子有點尷尬，我發現自己真的不太會聊天，或者說……不太會和自己的父母聊天。

到底是從什麼時候開始，我變成話題終結者了？

「呃，你們最近怎麼樣？」我從來不會說這種在我眼裡顯得僵硬的問候語，尤其是才離開沒幾天，問這種話其實就是告訴別人「我沒話說了」，非常尷尬。

「……還好吧，你媽倒是有點擔心你。」父親回答的間隔略長，聽起來似乎也沒料到我會問出這句話。他嘆了口氣，「連問候父母都這麼僵硬，感覺你是撿來的一樣。」

「不大習慣。」我更尷尬了，蹩腳地解釋：「我也覺得你們不會有什麼問題，問這個有點多餘，不問又覺得太冷漠。」

「為什麼？」

「啊？」我愣了愣，好半晌沒反應過來父親想問什麼，「什麼為什麼？」

「為什麼會覺得我們不會有問題？」父親的聲音裡帶著淡淡的疲憊，「我們也是人，而且還是正在走下坡的人，和你不一樣。」

我明白他的問題，但反而更不知道該怎麼回答，只是有一股很陌生的羞愧感油然而生，「……我不知道，我還沒想過這個問題。」

「那就想一想，下次告訴我，換個你媽在的時間，視訊吧。」

「咦？」

「咦什麼？」父親不滿地說：「難道你打算只打這一次電話嗎？」

「呃，不是……」我只是不覺得這個問題值得延續到下一次來討論。

「嗯，那工作加油，注意休息。」

「……你們也是。」

結束通話，我坐在駕駛座上，回顧這次簡短的對談，發現這實在是一次糟糕的談話。它在以前的生活中時有發生，卻從來沒有這次這麼令人懊惱。

有什麼變得不一樣了，在我沒有注意的時候，這個發現讓我有些惶恐。

因為我一直覺得自己生活在一成不變的環境中，雖然我知道不會一直這麼下去，但直到現在我才真正意識到——根本沒有一成不變的環境。

時間一直在向前走。

環境也一直在變化。

就好像我和自己的時間坐在同一條貧瘠的列車線上，列車沒有窗戶，我看不到窗外，只聽見車輪滾動的聲音。而不論我們跟著列車駛出多遠，在速度一致的情況下，我感覺不到絲毫的距離變化。

直到我上了另一輛車，一輛速度說不上是變快還是變慢的餐車。

高速駛過的轟鳴聲透過窗戶從遠處傳來，我轉頭看去。因為速度太快，我看不清窗戶裡有什麼，所以一瞬間覺得，那輛車裡應該自成一個世界，而一直和我一起渾渾噩噩，一起向前走的、屬於我的時間，也在裡面。

我第一次見到列車從我面前駛過，我第一次意識到它從來沒有停下，不……也許它就是那輛沒有窗戶的列車。

生活一成不變，只是因為我一直沒有下車。車裡根本沒有屬於我的時間，因為時間不屬於任何人，只是自顧自地向前行進，並不在意我有沒有跟著。

幸好我已經不在車上了。

這麼想著，我轉頭四顧，發現漸漸有客人過來。只見林曉霖甩著斜馬尾、熱情地拿著自製菜單迎上去，她背對著我，我卻很容易就聯想到她的笑容，隨即我便被想像的笑容感染，忍不住揚起嘴角。

幸好我不在那輛沒有窗戶的車上了——我再次打從心底感嘆，看向四周，突然發現擁有三面車窗以及兩面反光鏡的餐車設計實在太過完美。

因為我終於看到外面，也看到了時間。

不屬於我的時間。

第七章
餐桌之上，夜風哭泣

二叔沒有責怪我打電話的時間太短，也許在他來看，這才是我的正常發揮。但看得出來，他本來還有更高的期待，所以我出來時，他用一種很誇張的表情來表示不屑，「這麼快？」

話音一落，有幾個客人發出曖昧的笑聲，讓我感到很尷尬。

我臉上發燙，忍不住走上前去小聲說：「二叔，你的表情和你的話配在一起，容易讓人想歪啊……」

哪知道二叔對我翻了個白眼，一臉「你真沒有生活情趣」的樣子，「不想歪多無聊啊？我跟你說，過日子就得過得歪一點才會多姿多彩。」

「你上次還讓小泉哥別教壞你侄子……」

「是啊，好好的苗子讓別人教壞多可惜啊？自己教壞就不可惜了嘛……」二叔說這句話的時候一臉正經，認真得不能再認真，「就好像很多家長不許別人打罵孩子，被打被罵了就各種心痛憤怒絕望，他自己動手時卻可以打得花樣百出，拍二十集連續劇都不會重複。」

「……二叔你一本正經地胡說八道，還能說得那麼有邏輯也是種才能了。」

二叔聞言，雙眼一亮，「吐槽很快啊，很有天賦，你也沒有我想得那麼悶嘛……」

聽到這句話，我有點詫異。的確，照我第一天來時的性子，估計只會轉頭走掉吧？

是因為越來越熟悉了嗎？

「想什麼呢？既然打完電話了，快幫忙做事。」

「啊？哦！」

今天的生意不錯，但因為地點的關係，沒有忙到不可開交的地步，所以到了晚上八點，二叔便讓林曉霖先回去，只讓我繼續做事。

工作量一下子大了起來，安排客人落坐、到車裡給二叔打下手、收拾餐具、招呼客人等等。

身為男性，在體能方面我自然要比林曉霖強上不少。但很奇怪的是，她做這些完全沒有我這麼累，一切都有條不紊，而我僅是單獨做了一個鐘頭，就開始有點頭昏眼花。

一方面是天氣熱，另一方面是我還沒像林曉霖那樣學會用最少的體力去做最多的事。

二叔偶爾提點我幾句，更多時候則是幸災樂禍地嘲笑……

他一會攔住我往外送的咖啡，笑咪咪地誇口稱讚：「哎，不錯不錯，這幾杯咖啡你只沖了半杯水就想往外送，這純粹就是想讓人憶苦思甜是吧？有創意！」

一會抖抖我漏寫了油蒿麥麵的菜單：「長見識了！居然還有客人點了一瓶啤酒後面還加個辣，是誰喝啤酒喝得這麼清新脫俗，介紹你二叔認識一下？」

一會探頭在我耳邊低聲說：「哇，二號座的客人一定是你喜歡的類型，想不到你還喜歡這個歲數！小看你了啊，口味夠重，藝高人膽大啊你！」

「……二叔你在說什麼？這怎麼可能？」我一瞥那座位上的客人，忍不住打了個寒顫。那是一位長得比我爸還男人的中年女性——瞧瞧那肱二頭肌，抹點我手邊的花生油，就可以去參加健美比賽了。

「那她只點了一份紅燒大排飯，你怎麼還加個荷包蛋上去？重點是這荷包蛋的蛋黃破了後凝起來還這麼像顆愛心，我都不信你是無意的了。哎，不管是你二叔做生意也好，還是沈家人追女人也好，基本上不會這麼奔放的……時代真是變了啊！」

每個客人的點單都會被我或者被二叔用便條紙記下，然後以磁鐵貼在吧檯後的金屬板上，點單對應客人，這樣就不會送錯位子。這個方法在很大程度上減輕了我的出錯率。

但在面對外帶客人時，如果點的少還好，點的多就容易出現手忙腳亂的情況。於是以二叔的嘲諷做為BGM，一直到將近十點，我才漸漸熟悉工作的節奏，這當然也是因為客人變少的緣故。

到了十一點半，我已經開始腰痠背痛，收拾完最後一桌後，我看似乎暫時沒有客人了，便直接在吧檯外的椅子上坐了下來，「今天的客人好像比第一天多一些？」

「這裡星期五有時候的確要比平常忙一點，不過也不會差太多。」二叔點點頭，打量我幾眼，笑了笑：「還行，比我預期學得還快。」

「那你覺得我大概多久能習慣？」我趴在剛剛擦過的桌子上，側過頭斜眼問這個嘴上無德的中年男子。

「短期內要像曉霖那樣不太可能，她做得幾乎不比我差。她爸剛開店時她就在幫忙了，而且工作這種事也是講天賦的，就跟跑步一樣，動作大家都很熟悉，但就是有一些人會跑得比較快。」

「那我到底算是有天分還是沒天分？」

「……我說了這麼長一段話來回答你的問題，很顯然是為了照顧你的自尊心，你不為你二叔的善良感動一下就算了，竟然還問我？」

「……喔。」看來是沒天分，我不是做服務生和廚師的料。

也許是看我有些失望，二叔補了一句：「像今天這種工作量，想要睡一覺你就能完全恢復體力、不會影響到第二天，至少要再練兩個禮拜吧？」

啊，沒錯，現在身體這麼痠疼，搞不好明天還不會好呢……

怎麼突然變得這麼沒用了？我記得國中時和別人打籃球，彷彿有用不完的精力；一上高中，課業逐漸增加的同時，竟漸漸失去以往的那股勁頭。

明明力氣和體力都比以前強了不少，卻更容易勞累，這種矛盾發生在很多人的身上，因為太平常了，所以我從來不覺得奇怪。

唯獨今天，一向喜歡放空的大腦開始不受控制地去思索這個問題——這個在我看來沒什麼意義的問題。

「……怎麼回事？」

二叔詫異的聲音響起。

「沒什麼啊……」我抬起頭，不明白他在說什麼，但我很快就發現那並不是對我說的，因為他的目光看向我的背後。

我轉過頭，不遠處一個我應該見過的人向這裡走了過來。

之所以說「應該見過」，是因為我實在不確定他是不是那個人。這個人穿著和上次同款的休閒西裝，只是一邊的褲腳已經被撕開，襯衫的釦子掉了一半，領帶也不知道去了哪。他流著鼻血，眼眶青黑，左邊的臉頰腫起一大塊，甚至影響到他的視線，讓他的右眼不得不瞇成一條線，完全沒有上次的意氣風發。

「……小泉哥？」

我試探性地叫了一聲。

「喔，小弟也在喔……嘶。」似乎說話扯到了傷口，小泉哥齜牙咧嘴、勉強笑了一下，卻因為臉上一塌糊塗，看起來反而有點猙獰，「沒什麼，就是幾年前欠了點錢，被堵到了而已。」

「坐吧。」二叔看起來毫不意外，但很顯然一下子緘默不少。他沉默地端上一碗皮蛋豆腐。

我詫異地看了這碗皮蛋豆腐一眼，發現上面沒有淋任何調料，甚至連醬油都沒，可我立刻明白了二叔的用意。如果小泉哥的嘴裡也有受傷，調料會讓他吃起來更痛苦，而皮蛋涼拌豆腐容易咀嚼，更因為是冷食的關係，還有緩解疼痛的作用——至少吃起來不會那麼艱難。

「謝了。」小泉哥緩緩坐下，啞著嗓子對二叔說了一聲。

「你都這樣了還肯過來關照我的生意，我謝謝你才對。」二叔搖搖頭，遞了根菸。

小泉哥毫不客氣地接過，掏出打火機一點，狠狠地抽了口，最後彷彿要將所有鬱悶吐出去一般，將大股的煙霧吐了出來。然後他拿起塑膠湯匙，將豆腐和皮蛋拌了拌，吃了一口。

這次他吃得很斯文，不像上次那樣吃得香甜和愜意，但感覺他品得比上次更認真。

半晌，他對二叔豎起大拇指，「老闆真善解人意。」

「今天這頓算我請你了。」

小泉哥皺了皺眉，「喂喂，雖然我看起來慘了點，但還不至於吃你霸王餐……我不用你同情。」

「你又不是女人，我同情你幹麼？是能以身相許啊？」二叔呿了一聲，從車裡走出來，端著一杯水放到小泉哥面前，自己則開了一罐啤酒喝了一口，接著從吧檯上拿了一根湯匙，「因為這盤我也要吃啊……拿過來點，我吃不到。」

說著，二叔將那盤皮蛋涼拌豆腐移近，又晃了晃手上的啤酒，「今天我就不賣你酒了，你只能喝水。」

小泉哥愣了愣，表情變成有點奇怪。他低下頭，壓著嗓子又道了一次謝：「……謝了。」

他的聲音隱隱有些哽咽。

「年輕的時候爭風吃醋，被人盯著整了我半年，那段日子真有點生不如死。」二叔抿了一口啤酒，頓了頓，「……不過最終還是沒死成。」

小泉哥看了二叔一眼，「……也被人盯著打？」

「沒你那麼慘，不過也打，而且不光是打，還各種礙你的事。畢竟你只要還了錢就好，他們也不會故意不讓你賺錢，但盯著我的那位，馬子被人睡了，這綠帽子一旦戴上就摘不下來，所以那人當時對我說碰一次打一次、碰次打次碰次打次……」

二叔說到末尾竟然拍著桌子打起節奏——這笑話實在有點冷。

「……二叔你夠了喔。」我忍不住出聲。

二叔嘿嘿一笑，停了下來。

小泉哥扯扯嘴角，似乎想笑，卻又擔心扯到傷口，憋得有點痛苦，「後來呢？怎麼解決？」

「解決什麼啊，這世上哪有那麼多辦法，就算有，也不是我會用的。」二叔搖搖頭，笑容裡滿是豁達，「所以熬時間唄，熬過了就好。當然如果你有法子，不用熬是最好的。」

「很多人勸我說方法總比問題多，會有辦法解決的，我就讓他們滾……媽的，好痛！」小泉哥終於還是笑出聲，在嘶聲抽氣後，拿杯子和二叔的啤酒罐碰了碰，「可這天底下哪有那麼多法子取巧，大多是靠一個熬字。但誰也不知道什麼時候才算熬完，所以剛才過來的時候我還在想，要不要在你這裡吃最後一頓飯，以後就再也不熬了。」

聞言，我心裡微微一跳，不確定他說這句話是不是想死的意思。我小心地打量小泉哥一眼，而小泉哥也看過來，對我笑笑：「讓你看笑話了，不好意思。」

「呃，沒事，其實……」

不等我說幾句安慰的話，二叔就淡淡地打斷：「你想死啊？」

這個問題一出口，空氣彷彿凝結起來，本就悶熱的天氣一下子變得讓人更煩躁。

小泉哥默默地吞雲吐霧，二叔也沒有繼續追問，自顧自地喝酒，很有耐心地等著。或許他根本沒有在等，看起來一點也不關心問題的答案。

如果對方不想說，那就不說好了。

「不想死。」

「嗯。」二叔點點頭，我懸著的心也放了下來，但小泉哥接下來的話讓我忍不住吞了口口水。

「但更不想活。」

二叔的身形微頓，放下酒罐，伸出一根手指搔搔頭皮，看向小泉哥的眼神裡流露出一絲憐憫，「聽起來倒是比想死還慘。」

二叔這句話在我微微思索之後，便感覺到一種涼意。人的承受力有限，壓力大到一定程度，尋死是一種再正常不過的結果。但如果一直處於一種快到而不到的階段……反而會有一種「會被無止盡地折磨下去」的感受。

就好像待在家裡的這段時間，一直燒著我的那團火一樣。

「是啊，比想死還慘。」小泉哥伸出兩根手指，比了一個極小極小的間距，「今天我要死，大概還是有這麼一點點勇氣的。可如果我先回去睡覺，第二天早上起來，那我肯定就不敢死了。對我來說，找死很多時候得看有沒有進入狀況。」

這聽起來像是在談投籃的手感，而不是在談生死這種嚴肅到讓人笑不出來的話題。

「所以對死這件事，我實在談不上有多認真，等明天早上醒過來，還會想，老子連死都不怕了，還怕別的幹麼？再仔細想想，其實不就是被人打一頓嗎，誰他媽這輩子沒被打過？這點事算個屁！然後這件事就這麼過去了，照樣喝酒、照樣把妹……其實，我的日子過得還挺不錯的。」

啪答！

一滴液體落在小泉哥身前的桌子上，我詫異地發現，不知不覺間，他已經淚流滿面。

夾帶著無法掩飾的抽泣聲，小泉哥抖著哭腔顫聲詢問那位餐車店老闆，「……我過得還是很不錯的，對吧？」

二叔看了他半晌，搖搖頭，站起身來走進車裡，又拿了一罐啤酒出來，對著小泉哥說：「如果不怕疼，我們還是喝點？」

「……嗯！」小泉哥似乎已經說不出話來，撐在膝蓋上的雙手微微顫抖，低著頭對地面發洩般地哭著，看起來有些軟弱，卻帶著一種無法直視的倔強，似乎在和誰咬牙較勁。

一縷罕見的夏夜晚風吹過，發出嗚咽一般的聲音。餐車燈籠之下，這個過著浪蕩日子的青年，哭得像個孩子。

原來這麼開心的人，也可以哭得這麼傷心。

因為小泉哥的關係，今天打烊的時間晚了一些，我和二叔去了澡堂。

適應了公共澡堂的氛圍和氣味後，我已經可以和在家裡一樣，聽著水聲、神遊天外。

「明天可以睡個懶覺，不開店，我們下午三、四點左右走人。」

二叔的話讓我回過神來，我眨了眨眼，「去哪？」

「新意市，就在隔壁，開車一個多小時就能到。」

「……那林曉霖呢？」

「……嘿嘿。」

我被二叔臉上的曖昧笑得有點不自在，「笑什麼啊？問問不行喔？」

「行、行，你就是想泡她，二叔也得幫你製造條件啊……」

我仰天翻了個白眼，還沒說什麼，就聽二叔接著道：「不過嘛，暫時是要分道揚鑣了。她是為了賺點零用錢才來的，又剛好想在這裡玩玩，如今分開很正常的……」

「喔。」

雖然是預料之中的發展，我還是忍不住失望。

林曉霖的腦迴路有點奇特，卻特別能讓人感到開心，更何況有她幫忙，真的會輕鬆不少。

二叔用手肘碰了碰我，一臉「我懂」的表情，「嘿嘿，她不錯吧？」
「我沒有！」
「我又沒問你有沒有！哦，看你這樣子還真想過啊？不錯啊，小看你了！」
「……嘖！」
二叔一臉壞笑，賤得不忍直視，讓人恨不得往這臉上打一拳，「哎唷，小妞你還害羞了……」
我咬牙切齒地說：「你夠了喔……」
二叔不屑地撇撇嘴，看了看我的胯下，「嘖，有賊心沒賊膽啊……分明就是多了二兩肉。」
我本能地雙手一遮，不由得臉紅，「……二叔你能不能別那麼猥瑣？」
「這樣都不行，那這日子過得還有什麼意思？」
「……」
見我不說話，二叔沒有再繼續下去。他開別人玩笑時一直都很有分寸——並不是只開別人不在意的玩笑，而是在別人不爽之前，會自動停下來。
讓我連生氣的機會都很少。

「……你以後不想過像鄭泉那樣的日子吧？」

話題轉得有點快，我微微一思索才知道說的是小泉哥。想到他今晚的悽慘模樣，我心裡也不由得沉重，「……嗯，看他剛才的樣子，的確沒辦法讓人羨慕。」

「他就是屬於你說的那種……那種知道自己想要什麼的。所以你就算知道自己想要什麼，也不一定能比什麼都不知道的你要強。」

沒錯，我本以為他這類人一定會活得比我好……但就今天看來，其實很多人未必有表面上看起來那樣快樂、活得那樣容易。

這次我倒沒有像第一次那時感到煩躁，也有心讓自己學會面對這些問題，主動問道：「二叔，你想說什麼？」

二叔看著我，在蓮蓬頭落下的水花中，他的笑容透著一股欣慰，似乎對我的些許轉變感到開心，「只是想告訴你，只知道要什麼是不夠的，否則就和鄭泉一樣。到現在他也許後悔，但已經不敢後悔了，因為一旦後悔，他會活不下去。」

「還需要什麼？」

「還需要知道你不想要什麼……」他聳聳肩，意有所指，「……比如你不想被打。」

「沒人會想被打，我相信小泉哥也一樣。」

二叔關掉水龍頭，開始洗頭髮，「『想』和『知道想』是有區別的。他不想被打，但他是現在才知道自己有多不想被打。以前那種口頭上說不想的不算，亂殺人還有可能槍斃咧，不照樣有人幹這個？你以為他們想死？他們很多被抓了，最後知道要死的時候，不照樣屁滾尿流？」

「……所以你想說他有什麼不足？」

「你二叔當初正好和他相反。除了知道自己想要什麼之外，還得知道自己不想要什麼才行。知道了這兩樣……你抽身而退，叫做成熟；你舉步向前，叫做覺悟。」

說到這裡，二叔似笑非笑地看了我一眼，「如果都不知道，那不管你向前還是向後，都叫『瞎混』。」

我一直都在瞎混。

他就是這個意思。

對此我無力反駁，「我倒是不想過他那樣的日子，等變成他那樣，就來不及了。」

「沒有來不及這回事，他今天這副模樣也是好事。他已經知道自己不想要什麼了，等熬過去就好，三十歲都不到怕個鬼啊？」二叔伸出手，拍拍我的肩膀，拍得水花四濺，「所以你也不用著急，別把自己逼得太緊。」

我看著臉帶笑容的二叔，心中一動，問道：「那二叔，你是幾歲知道這兩樣的？」

二叔翻了個白眼，「……大人的事，小孩少問！」

「……嘖。」

喀嚓！

睜開眼的瞬間，我就看到林曉霖一臉認真地對著帳篷裡的我拍照。

「早哦，沈叔叔讓我來叫你！」

「……早。」我不自在地跟她打了個招呼，不懂她為什麼這麼喜歡用這種方式叫人起床。

「哎嘿！」她低頭看著自己拍的照片，很得意地笑了笑，但笑容裡似乎還有些別的。

「……怎麼了？」

她聞言，竟然直接爬進了帳篷。我嚇了一跳，往後挪了挪，「妳幹麼？」

「你看！」也許是因為爬著進來，她的臉部微微充血、有些發紅，竟有一種青紅蘋果剛摘下時的通透感。同時，她伸出如白藕般的手臂，手上拿著她那架寶貝相機。

咕嘟。

今天還真的……有點熱啊……

我艱難地嚥了口口水，盡最大努力保持平靜，然後接過她的相機。

低頭一看，發現是我睡著的照片，「怎麼了？」

「你再看看前面的照片。」

我依言翻了一下之前的，一張是我在二叔車上睡著的樣子，還有一張和今天一樣，沉沉地睡在帳篷裡。

「到底怎麼了？」

「你今天沒有皺眉耶。」

我愣了半晌才明白她是在說這個，於是低下頭仔細看了看，發現之前的兩張的確是有點不滿似的皺著眉，而今天剛拍的這張，則是完全放鬆的睡容。

我不由得哭笑不得，「妳在意這個幹麼？」

「我是攝影師，所以一定會在意的啦！」

「……攝影師沒事在意這個幹麼？」

「唔……」似乎沒有料到這個問題，有點被問倒的樣子，林曉霖眉毛都豎起來了，「我、我是攝影師！總之聽我的沒錯啦……」

「咳，好的，那妳可以先出去嗎，我要起來了。」

「喔……」林曉霖嘟著嘴，不滿地看了我一眼，輕輕地自言自語，說「不識貨」之類的。

雖說今天不用做生意，二叔還是早就起來了。我剛出帳篷，他就對我擺擺手，「今天陪曉霖出去逛逛，吃點東西、看看電影什麼的。」

「……沒什麼要我幫忙的？」

「沒有，今天又不做生意，頂多我中午去賣點午餐，把昨晚剩下的食材用完，不用你們了。」二叔笑得無比曖昧，就和教室裡那批最八卦的學生差不多，「二叔不能礙事呀……」

說著，他遞出兩張電影票，對我擠眉弄眼了幾下，「今天下午一點，我預定的，你二叔就只能幫到這裡啦！不過，如果發展順利過頭了……」

他說到這裡，頓了一頓，滿臉猶豫，最後彷彿下定決心般咬牙道：「……千萬要注意安全。」

這為老不尊的流氓！

我頓時哭笑不得。

第八章 人來人往，沒有回眸

「再站後一點，嗯，稍微有點背光，等我換個角度。」
斜馬尾的少女閉著一隻眼，另一隻眼透過鏡頭對準我……手上的毛球。
「把牠再抬高一點，對、對對，好了別動，一、二……」
喀嚓！喀嚓！
她站在旁邊的樓梯由上而下地拍，連續好幾張，還換了不少角度，拍到我手都痠了。
這是附近一間由市政府設計、迴廊和樓梯並存的展廳，裡面沒有放任何擺設，因為這個建築物內部本身就是一件藝術品，剛開幕時得到不少關注，但幾年之後就乏人問津。
看著被我捧在胸口、搖來搖去掙扎著想翻身的毛球，發現牠正用綠豆大的眼睛盯著我，鼻子一顫一顫地抖動，粉紅色的肚皮隨著牠的喘息起伏，我忍不住伸出一根手指碰碰牠……
「呼呼～」牠一下子放鬆下來，一臉愜意地看著我，於是我加了一根手指，抓了抓……
「啊，牠這麼快就讓你抓肚皮了啊？」林曉霖從樓梯上走下來的時候，表情看起來好失落，頗有一種花了五年教兒子穿衣服的老媽，發現兒子被野女人用五分鐘扒光後的不甘。

我被她的目光盯得有點發毛，立刻將手中的小刺蝟交回。

小刺蝟被林曉霖小心地放在肩上，牠立刻攀住林曉霖的肩膀，興奮地在周圍聞來聞去——好像很開心牠終於翻過來了。

「妳養牠多久了啊？」

「剛上高中時，爸爸買給我的。」林曉霖逗弄著小刺蝟，她完全看不到自己寵物的樣子，動作卻十分嫻熟，僅僅憑藉觸感，不僅過了一把手癮，還沒讓小刺蝟掉下來，「我軟磨硬泡了好久呢……來，再替我拍一張吧！」

也許是因為昨天替她拍了幾次照片，她對我的拍照技術似乎很滿意，今天沒事的時候，不斷要我幫她和毛球合影，但不要特地告訴她。

我問她為什麼，她說有些時候，不知道相機的存在，反而能拍出更好的照片，表情和動作都會變得自然，如果再配上一個好的攝影師，拍出優秀的照片就不是什麼不可思議的事了。

我覺得她說得有道理，但有一句話我沒說，那就是如果她沒有看著我，我拍照的時候也許會更放鬆。

因為面對她的時候，我多少會有一種面對異性的緊張感——這讓我有點沮喪。在她不知道的情況下，我已經用手機拍了不少她的照片。我漸漸喜歡上將她放在鏡頭裡的感覺，莫名地有點理解她為何如此熱愛攝影。

默默地將眼前的美好定格，有一種讓人忍不住深呼吸的幸福感。

當然，也有像現在這樣特地擺個姿勢，把小刺蝟捧在臉旁，小心地蹭著牠的樣子。

我掏出手機，對準林曉霖和她手裡的毛球，找了一個我覺得合適的角度後，按下快門。

「好了？給我看看。」林曉霖興致勃勃地湊過來，然後很陶醉地說了一聲，「啊，毛球好可愛……我也好可愛……」

一般這麼說自己不太好吧？

我心裡想笑，卻不好意思笑出來。

「妳就這麼喜歡刺蝟？」

「是啊。」林曉霖下巴一抬，露出得意的笑容，「從牠到我家，我就開始替牠拍照，現在相冊都已經製作到第十八冊啦！書架都快放不下了，所以我最近都沒有再做……哼，不過等上了大學，我就把那些參考書丟光，這樣就能空出位子啦！」

某種意義上，教科書還真的滿可憐的。

「說起來，沈琛，你以前學過攝影嗎？」

我微微一愣，「呃？為什麼這樣問？」

「你拍我的照片，有幾張拍得不錯欸！我拍自己都沒那麼漂亮！」

聽到這句話，我只覺得心跳突然加快，多少有些不好意思，「沒學過，只是覺得，那樣拍也許不錯。」

「那你很有天賦喔！要不要向我拜師學藝呀？我可以教你喔，嘿嘿！」她說話的時候，突然把臉湊了上來，近得我幾乎能聽到她的呼吸聲，不由得感到口乾舌燥，「……再說、再說。」

我不自在地後退一步，看時間差不多中午了，便提議找間餐廳。我和她早餐都只吃了一個三明治，而她的三明治還有小半個送進毛球的肚子裡。

「唔，好喔，吃什麼？」

「呃，妳別問我啦，妳想吃什麼？算了，我們路上找好了，吃完後再坐一會，接著去看電影，二叔買了票。」

「喔，沈叔叔有說過，他買了哪部？」

「我看看喔……」我將票翻出來，「《爆漫王》？」

是年輕人會看的電影類型，二叔意外地很內行啊……

「哦哦！我看過！」

「……啊？」我不禁有點尷尬，心想二叔怎麼不問清楚就去買，略帶擔心地問：「那妳還想看嗎？」

「當然，我本來就想再刷一次！這部滿不錯的，值得多看看。」林曉霖嘻嘻一笑，眼睛愜意地瞇了起來，咂咂嘴似乎在品味著什麼，「很合我的口味呢……」

這電影被她說得……感覺挺好吃的。

「那先吃東西，想吃什麼類型？」

林曉霖皺了皺鼻子，她思考的時候偶爾會有這個習慣，是我無意中發現的，莫名覺得挺可愛的，「唔……拉麵，我想吃日式拉麵。」

「等等，我找找附近有沒有。」我正準備掏出手機，卻被林曉霖攔住。

她一指我背後，「不用找啦，我看到了，就在那邊。」

我愕然轉頭望去，瞇著眼看向街道的末尾，隱約發現一家日式拉麵館，雖然看不真切，但應該是叫做「光麵」的連鎖店——她想吃拉麵，到底是想到還是看到的？

「走囉。」

很顯然，林曉霖根本不會回答我肚裡的疑問，也不在意自己是想到還是看到的。

重要的是她不僅看到了，還想要去……

我和她點的餐很有氣勢，至少名字上很有氣勢——焦油擔擔麵。

麵湯表面浮了一層黑油，隱隱透出一股燉煮豬肉的香味。

輕抿一口，豬骨和雞肋燉熬出來的湯頭，帶著淡淡的蒜香，配上黑辣油，在口腔裡幾乎是掠奪一般地剝奪了一切味覺；濃縮在湯裡的美味，在剎那間便征服了所有味蕾，我彷彿能感受到身體裡每個細胞的雀躍。

豬肉十分入味，甚至擁有比湯本身更重的味道，但搭配在麵條之中，那偏重的鹹味卻在口腔裡很好地中和，無論是湯頭還是麵條，都被帶出了一點幾乎感覺不到的鮮甜味道。

炎夏吃熱熱的湯麵其實不是個很好的選擇，即便是在開著空調的店裡，我和林曉霖還是吃得滿頭大汗——不，應該只有我滿頭大汗。

我的右手拿著筷子，左手拿著湯匙。

而林曉霖則是右手持筷，左手輕拈面紙，一邊吃一邊替自己擦汗。很意外地讓我發現她女性的一面，而不僅僅有孩子似的一面。

湯的味道很濃郁，因為那股幾乎可以滲入身體每個角落的香醇，每一次吞嚥後都讓人發出一聲近乎感嘆的呼氣。但也沒有濃郁到喝一口就立刻想喝水的程度，豬肉的美味被化在湯裡，再加上有勁道的麵條……

必須承認，高脂加高糖的美味確實無法被擊潰。

「比沈叔叔做的白煮蛋好吃多了……」林曉霖含糊不清地評價了一句。

我抽了張面紙擦擦汗，裝作沒聽見。

拉麵和白煮蛋……這到底是怎麼比的？

❀

我們在電影放映前二十分鐘到達戲院，然後買了爆米花和可樂。

說起爆米花，我一直覺得這是全世界最具欺騙性的食物，因為它所發出的香味，真的可以讓所有人駐足四顧尋找味道的來源。

從香味上來說，如果沒吃過爆米花這東西，我們會在腦海裡想像這是一種多麼奢侈的美味。但實際上……我真的沒覺得有多美味，原本的玉米棒還好吃一點。我永遠記得小時候第一次吃爆米花的心情，那是一種親眼看到超人被一顆小石子絆倒般的錯愕。

不是說難吃，而是實在太過普通，普通到根本對不起我對它的期待。

你怎麼能被小石子絆倒呢？你怎麼能是這種味道呢？說好的會飛呢？說好的濃郁美味呢？

但生活中很多情況本就沒有道理可言，爆米花的美妙並不在於味道，甚至並不在於它誘人的香氣，買的人也不見得多想吃它——電影結束後，你看看有多少人剩一大堆就知道了。

更多的是一種浪漫的情懷，就像你喝豆漿的時候，明明有別的食物可以搭配，但你第一個想到的總會是油條。

爆米花配電影，豆漿配油條，算是一種固定的經典搭配。

關於《爆漫王》這部電影，它是由漫畫改編而成，但我沒有看過。雖然的確挺有名的，心裡也總想著「什麼時候去看看吧……」，卻一直拖著，拖到我都不確定那個「什麼時候」到底會不會來。

我本身很少看勵志片，除非評價特別好，引起我的好奇，否則我會覺得它所闡述的價值觀和我相差太遠，特別是主題為「夢想」的勵志片尤其如此。

「夢想」這種東西，一旦扎根於現實，就不會是夢想了，往往會讓人失去追逐它的動力。

沒有動力的人，看勵志片最後得到的並不是勵志，往往是一點衝動，然後嘗試著努力一下，結果因為努力不足而失敗後，再一次墜入更深的失望。

夢想的失敗，歸根究柢在於不夠努力，但這個理由其實挺無趣的。

因為對我來說，「讓自己足夠努力」本身就已經是一件夢想了。

讓夢想去完成夢想，最終的結果就是……夢想終究只是夢想而已。

所以當我看到男主角那突兀的表白──「如果大家都完成夢想的話……就、就……請和我結婚吧!!」

「哎？」

「哎？」

當佐藤健所飾演的「真城最高」，對愛慕的女生吐出這番話時，我隱隱覺得自己的下巴有脫臼的跡象——不管怎麼說都好亂來啊……

而女生的回答也充滿了純情的色彩：「好啊，我等著你喔……」

「噗！」旁邊的林曉霖低聲笑了出來。

被笑聲感染，我不由得看了她一眼——妳不是看過嗎？

「每次看都很好笑咧！」林曉霖低聲道，「表白表得那麼傻，好好笑！」

……妳有資格說這個嗎，少女。

我忍住心中的笑意，再次轉頭看向電影銀幕，卻隨即發現自己的面前橫著一隻手，其中兩根手指拈著一粒爆米花。

「吃吧，超香！」

「啊？我不用……」我忍不住將腦袋向後揚了揚，結果林曉霖的手再一次靠近。這次爆米花已經貼上我的嘴唇，然後我聽到她用一種可憐巴巴的聲音輕輕說：

「我一個人吃不下啦……」

那一粒溫熱酥軟的爆米花被她餵進我的嘴裡，也許是沾到口水，她很嫌棄地在我身上擦了擦，最後又抓了一把爆米花到我手上，嘻嘻笑道：「這些歸你啦！」

「嗯……」雙手捧著爆米花，我有一搭沒一搭地吃著，看著電影裡的情節，一點一點地陷了進去……

因為這簡單而離奇的一段對話，讓男主角被另一個男生趕鴨子上架般地走向漫畫家的道路，而女主角則先行一步，成了職業聲優。

電影裡的其他人，為了同一個目標奮鬥，彼此競爭，卻有著各自不同的動機。這些動機沒有所謂的高尚或者卑劣，體現的僅僅是他們不同的追求，用什麼樣的動機和行為去促使自己追逐夢想。

大部分的人倒在追逐的路上，或早或晚。但看著這些人，我略帶傷感的同時，卻莫名地覺得他們帥呆了。

女主角為了追逐夢想而放棄等待，而近乎失去初衷的男主角依舊追逐著自己的夢想。

很多時候初衷固然很重要，但在追逐的過程中所發現以及所付出的，同樣變得重要。

電影的末尾，他們的作品因為調查問卷評價過低而被腰斬，卻依舊興致勃勃地想著創作新的作品。

這讓我有點驚訝，明明都累到進過醫院，明明這條路如此艱辛，明明成功過，也失敗過了……就算留有遺憾，也應該不多了吧？

直到電影結束，我發現最終仍追逐夢想的只有兩種人，一種是還在追趕的人，一種……則是失敗的人。

好像沒有「完成」這個概念，彷彿在打一場永遠不會結束的戰爭，他們在痛苦，他們在享受，有些人跌倒了再次爬起，有些人則放棄回了老家……

他們快樂嗎？

他們後悔嗎？

我得不出答案，心情不由得有點複雜。

爆米花最終沒有吃完，走出電影院時，外面的陽光一瞬間顯得有些刺眼。

「好看吧～」

「唔，是不錯……」

「嘿嘿！」林曉霖一臉得意地看著我，好像電影是她拍的一樣，「有感想嗎？」

「感想？唔……有點說不上來……」我搔搔頭，倒是沒料到她會問我心得。

微微思考後，我不確定地說：「唔，追逐夢想這種事，雖然挺帥氣的，不過真的好累……也不知道那些失敗的人後來怎麼樣了。」

林曉霖眨了眨眼，爆出一句讓我有些驚訝的話來：「我覺得沒什麼區別啊，失敗還是成功。」

「為什麼會這樣覺得？」

「就算不走這條路了，也要過活啊，去打工或者工作之類的；而走這條路，也要努力拚搏……努力的方向不一樣而已。」林曉霖搖頭晃腦，像個老學究般老氣橫秋地對我說：「這世上沒有一條路是輕鬆的，年輕人～」

看到她的樣子，我心裡暗自發笑，乾咳一聲：「……至少不用提心吊膽吧？」

「為什麼做一般的工作就不會提心吊膽呢？」林曉霖一臉好奇地反問。

我被這個問題問得一愣，這不是顯而易見的嗎？

「呃，勝在穩定啊，不管有沒有事做，每個月都有確定的工資可以拿，公司還會替你保險……」

「聽起來像是偷懶也可以過生活的感覺，所以就不會提心吊膽了喔？」

「……雖然聽起來讓人很羞愧，但的確是這樣沒錯。」

「那你是這樣的人嗎？」林曉霖的問題，讓我忍不住一陣心慌。

以前在家裡被問這種問題時，脾氣上來的我會破罐破摔；而外人問這種問題時，我會覺得對方想要給我難堪或者說教，而選擇無視或敷衍。

但面對林曉霖這雙眼睛，無論是欺騙還是誠實，我都沒有辦法開口。

或者說，我自己也不知道是什麼。

承認，我會不甘心；否認，我卻沒勇氣。

好在林曉霖沒有繼續追問，而是微微一笑後轉過頭，輕聲說道：「我覺得每個有工作的人好像都沒偷懶，過得也說不上輕鬆欸……臉書上好多抱怨加班啊、工作忙啊之類的，明明這樣過活也不輕鬆，他們也沒有偷懶到。」

「……是為了心安吧，沒有公司做保障，多少會讓人害怕。」

「也就是說，有一部分人為了能擁有『即便偷懶也可以過下去』的可能，放棄了可以讓自己更開心的工作喔？如果是自己不喜歡的工作，我也會想要偷懶呢。」

「……曉霖妳真的很厲害。」

「哈？」林曉霖茫然地看著我。

我扯出了一個不知道算不算是笑容的笑容，雖然看不到，我卻覺得自己笑得艱難，「妳總是可以把我說得無言以對啊……」

「我本來就很厲害嘛！嘿嘿！」林曉霖毫不掩飾自己的小得意，挑釁似的對我皺皺鼻子，讓我有種想要捏一把的衝動，「總之呢，不管是那些想要安穩過日子的，還是想為夢想拚一把的，我覺得大家都不容易呢。有人為了安全感而努力，有人為了快樂而努力，大家都很努力。」

「……」

「但是呢，只關注安全感的人，感覺很可憐呢。」

聽到這句話的時候，我心中忍不住微微一酸，隨後甩了甩頭，將這種久違的情緒壓下，「怎麼了？突然說這種讓人好傷感的話題，明明這電影……算是喜劇吧？」

「這算是傷感的話題喔？」林曉霖眨眨眼，滿臉困惑，

「不算嗎？」

「算嗎？」

「不算嗎？」

「算嗎？」

我和林曉霖大眼瞪小眼互看良久，最後林曉霖繃不住「噗哧」笑了出來。這笑聲和開關一樣，讓我也忍不住笑出聲來。

「哈哈哈哈哈哈……」

在電影院門口，我們兩個笑得像一對傻子，路過的人們中，有的走過時刻意避開了我們，同時詫異地偷瞄，似乎怕被傳染什麼疾病似的——但我第一次沒有在意。

不知不覺，我們笑得越來越開心……

「你笑什麼!?哈哈哈……」

「妳……哈哈……妳不也一樣……」

良久，我們喘息著停下。

「嗯，這幾天相處下來，就這次你笑得最開心欸，之前總是一副無精打采到表情都沒有……」林曉霖滿臉感慨地說：「啊，這電影看得值了。」

「是、是嗎？」我忍不住臉上一熱，有點不好意思。

這其實是一件滿奇怪的事，表現出自己的情感本來沒什麼好羞愧的，但長期處於麻木的狀態，壓抑的情感不知何時便帶上了一種沒有道理的矜持。

輕易為任何一件東西感動，都像是對自尊的背叛。

「是哦，放鬆的感覺不錯吧？」

「嗯，還行……」

「不錯的臨別禮物，嘿嘿。」

「嗯？」聽到這句話，我愣了一下。

「我要走啦。」林曉霖對我微微一笑，「你要加油喔！」

「現在？」

「是哦。」

「妳不回去一下喔？」我本能地試圖挽留，不知道是什麼促使我做出這個平常完全不會做的留客舉動，「二叔那邊……」

「我早就和沈叔叔說過了。」林曉霖左右轉了轉腰，做了一個熱身運動，一副元氣滿滿的樣子，「現在我要去下一個城市玩啦，還是說，你要我送你嗎？」

「不用不用。」我擺擺手，拒絕的同時心中卻不免有些失落，「都已經下午了，妳還是直接走，早點安頓比較好，我回得去。」

我一直陪她到了停車場，看著她戴上安全帽，幫她把車推出來。

「謝謝，再見，你要加油喔！」

「不客氣……」說了這一句後，我心中微微一動，張張嘴，卻沒有說出話來。

「怎麼啦？有話就說喔。」

「嗯，妳為什麼一直讓我加油呢？」

「你不喜歡喔？」

我搖搖頭，「也不是啦，只是好奇而已……」

「唔……不知道欸，但總覺得你是那種需要『加油』的人。」

總覺得你是那種需要「加油」的人。

這是林曉霖臨走前留給我的最後一句話，我和她互相換了LINE，約定時常聯繫。

下午兩三點，正是炎熱的時間，已經開始流汗的我忍不住瞇起眼，看著林曉霖騎車的背影一路遠去，悵然若失。

街道上人來人往，我站在人行道中央，被無數的人擦肩而過。

我第一次渴望在這滿是人流的大街上狂奔，而不是被動地停在人群之中。

我想從人群中走過，不想被人群走過。

了。

我對這種感覺並不陌生，也一直以為自己永遠不會討厭，但現在我發現我錯了。

我只是不討厭孤獨，但並不喜歡寂寞。

以前一直以為，寂寞就是一個人在家裡待著，沒有人打電話給我，也沒有想打電話的人。但現在我才發現，寂寞是我站在人來人往的大街上，卻一個人也不認識，我記不住他們的臉，他們也沒打算記住我的。

一邊走向捷運站，我一邊掏出手機打給二叔。

「看完電影了？」

「嗯。」

「曉霖走了？」

「嗯。」我走到車站裡，正要掏出錢包刷卡，「我現在過去，還是老地方吧？」

「不用不用，你別過來了，這邊收拾得差不多了，我過去接你。我們直接上路，你就在車站附近等我好了。」二叔一邊說，一邊從電話裡發出喝水的聲音。

「喔，謝謝。」

「咳咳咳咳咳！」電話那頭爆出一陣劇烈的咳嗽聲，似乎是喝水嗆到了。

「怎麼了？沒事吧？」我道聲謝而已，反應沒必要那麼大吧？

「咳咳……咳咳！沒、沒什麼，只是有點意外。」

「意外什麼？」

二叔沒有回答我的問題，他用力咳嗽了幾聲，最後用滿是感慨的語氣說道：「唔，突然想起以前一個朋友說的話，現在想了想，覺得還是滿有道理的。」

「喔？」

「……男人可以改變女人的未來，女人可以改變男人的靈魂。」

聽了這句話，我頓時有點不自在，「這話不僅帶著性別刻板印象，還有股濃濃的中二味，說這句話你不會羞恥喔？」

「嘖！沒情趣！」二叔的口吻充滿了鄙夷，彷彿我才是被社會拋棄的落伍人士。

「二叔。」

「幹麼？」

「我是那種……需要『加油』的人嗎？」

「……」二叔在電話那頭沉默良久，最後回答道：「是曉霖跟你說的吧？以前她爸爸也和我說過類似的話，而我也問了他這個問題。」

我不禁微微一怔，「……那他怎麼回答的？」

「我不知道你是不是需要『加油』的人，但我覺得，你現在是想要『加油』的人了。」

「……」聽到這句話的瞬間，我感覺到心中的那一團火，驀然熾烈。

第九章

紅絲牽線，難續情緣

當我坐著二叔的車來到新意市，已經是晚上五點半。

這個城市要比我家那繁華得多，甚至可以說，我住的城市之所以能夠發展到如今的地步，很大程度上是因為受到這個城市的經濟輻射影響，因此這裡散發著一股更為忙碌的氣息。

晚上五點半，正是開始堵車的時候。

因為終究還是耽誤了些許時間，比預定要晚了至少半小時，於是我坐在副駕駛座，看著車窗外緩慢前進的車流，問道：「今天要做生意嗎？」

「做，當然做，不過估計要晚一點了。」二叔似笑非笑地看了我一眼，「餓了啊？」

「有點。」

「……忍忍吧，現在這樣子我也沒辦法給你東西吃。」二叔嘆了口氣，用一副過來人的口吻說：「怪我，我早該想到，和女生出去，你八成沒心思吃東西……」

「……二叔，我只是消化比較好。」

二叔聞言，曖昧地笑了笑：「那是，年輕人，胃口自然好……在各個方面。」

「……」我對他翻了個白眼，決定停止這個愚蠢的交流。

快要八點時，二叔把車停在一塊商業區的轉角處。我問他為什麼來這裡，他說大城市的商業區加班的人多，他現在準備正合適。

喧囂的街道上，我和二叔一邊做著開店的準備，一邊聽他說：「自己開店呢，風險不小，但有了經驗，基本上過日子沒問題。剩下的就是看喜好了，我不喜歡去夜市，就會來這種地方。」

「就因為不想看客人臉色？」我將他上次對我說的話總結為一句。

二叔沒有介意，也沒有否認這種說法，「那算是一個理由。而且去夜市的人大部分都是去放鬆，去玩鬧、約會的，但我想開個讓客人休息的地方，去夜市的人基本上不需要這個，而我呢……剛好也不喜歡太熱鬧的地方。」

我瞥了二叔一眼，還記得小時候常常看到他把自己的頭髮染得花花綠綠，沒事就被爺爺從夜店裡抓回來的倒楣樣子，「我記得你以前很喜歡去夜店之類的地方。」

「年紀到了，已經不像那時候那麼感興趣，單純覺得煩了。」說到這裡，二叔轉頭反問我：「你小時候還喜歡玩具狗呢，現在難道還玩？」

我張了張嘴：「……這不一樣吧？」

「其實是一樣的……要吃什麼？」

「……我如果說隨便，你能不能別整我……」

「給我個理由？」

「我想知道你會怎麼對待客人。」我試圖比劃出一個經典壽司師傅的形象，「你看日本有些高級的壽司店，不是有全權委託給壽司師傅、讓他為店裡的客人搭配食物的嘛……」

「……這個理由有點爛。」二叔「嘖」了一聲，似乎無比嫌棄，「我這屬於路邊攤欸，你要求那麼高幹麼……唔，不過可以接受，你先坐外面等著。」

而後，我等了大約十五分鐘，二叔隔著吧檯端出一碗奇特的涼麵。

還沒等我湊近，便隱隱感覺到一股冰涼的氣息。深棕色的清澈湯頭，漂浮著幾塊碎冰，麵條呈現出一種近似果凍的光澤和彈性，上面只是簡單地放了幾片火腿、黃瓜還有蛋絲。

我舀了一匙，試探性地吸了一點，隨即忍不住發出滿足的嘆息。

與其說是湯水，感覺更像是用果醋調出來的飲品，酸甜的冰涼汁水隱隱帶著一股蘋果香，即便嚥下去，還是能清晰地感受到喉部散發出的涼意，夏天積累的暑意一下子去了大半。

應該是冰塊的作用，但感覺不止如此，冰塊雖然能帶來涼意，消退的速度卻極快……於是我試探性地問道——

「薄荷？」

「喔，我只放了一點點薄荷液，你還吃得出來喔？」二叔詫異地揚了揚眉毛，「不錯，沒埋沒這碗涼麵。」

我用筷子夾起麵條，在頭頂燈籠的照耀下，能看出這深色麵條帶著的透明感並不是錯覺，因為我的確看到麵條裡雜揉了一些細小的顆粒。

刺溜——

我從來沒有吸過這麼爽滑的麵條，這口感幾乎已經不像麵食了，因為泡在冰涼的酸甜湯水中，極為Q彈的麵條變得更為筋道爽滑。而吞嚥的瞬間，則一點阻礙都沒有地「滑」了下去，順暢得不留任何餘地；全部吞落後，我還能感覺到口腔裡有一股果香在不斷地滲透至周圍。

這是一種近乎果凍的口感。

「這是什麼做的？我還是第一次吃這種……」我一邊嚼著口裡的食物，一邊瞪大眼睛望向二叔，「這肯定不是單純用麵粉做的。」

「魔芋麵，你沒吃過？」二叔眨眨眼，「不過這種魔芋的成分比較多，麵粉少一點，做涼麵算是一絕了。」

魔芋麵？

雖然聽過，不過還真沒吃過……

很美味，正因為美味，所以更顯得奇怪，「我好像沒看過客人點這道麵，不怎麼熱門的樣子……」

「因為菜單上沒有。」

「為什麼沒有？」

「這碗麵我是不賣的。」二叔的表情少見地認真，少見得讓我看到時傻愣一下，「就算是做生意，也不會什麼都賣。」

「……很重要？」

「很重要。」

「多重要？」

「沒有這碗麵，你二叔都不知道在不在了。」他說這句話的時候，似乎想起了什麼，臉上的情緒變得有些複雜。我分不清那是懷念還是感傷，卻聽得出他語氣中的堅決，「所以這碗麵，不賣。」

我點點頭，「的確，沒人買得起。」

二叔頓時哈哈一笑：「這話我愛聽！好像我這條命有多金貴似的。」

「當時發生什麼事？得靠一碗麵條撐過去？」

「當時發生了金融海嘯嘛……」說了這一句後，二叔就停住了。

我看著他好半晌才反應過來，「……沒了？」

「沒了。」二叔笑嘻嘻地點點頭。

我張大嘴，「還真想不到……原來你也會有祕密喔？」

「……什麼叫我也會有祕密？」二叔聞言不滿地瞪了我一眼，「這鄙視窮鬼的感覺是怎麼回事？你……喔，有客人來了，你先吃，吃完了再幫我，慢來不急。」

做生意的時間長了，自然鍛鍊出了眼力，二叔總是能夠很神奇地發覺大街上那些人吃過東西沒、會不會來他的店裡，有時候甚至會猜到對方大概想吃什麼食物。

我看到他面帶笑容地看向馬路對面，那裡有個男人穿著一件幾乎溼透的白襯衫，手提一個黑色公事包。

那個男人果然走了過來，看了一眼排列在吧檯上的菜單，「有什麼推薦的？」

「生薑燒肉套餐，最近這個賣得挺好的。」

「那就來一份吧，再來一罐啤酒。」

「好的，稍等。」

這人吃完東西，便拿著喝了一半的啤酒結帳走人。我看著他遠去的背影，問二叔：「你怎麼知道他會過來？你都沒招呼他……」

「現在幾點？」

我低頭一瞥手機上的時間，「八點十七分。」

「你看他的樣子，應該是這裡的上班族，這個時間點才下班……那就是加班了。人累了一天，自然就會想吃東西。」

這話雖然說得沒錯，但也因人而異吧？

「如果是我的話，可能會想睡覺……」

「這當然也有可能，不過如果太累，連回家的路都覺得太長，想要休息一下呢？而且如果是一個人住，回家再自己做又很難酌量，所以滿多上班族都是這樣的。」二叔聳聳肩，看我似乎還想問的樣子，連忙擺了擺手，「……不過這畢竟不是精確的科學研究，誤差一定會有，更多的，是靠直覺反應。因為等你什麼都分析完，客人早就走了，純粹就是靠平常練習啦……」

「練習？怎麼練習？」

「多泡幾個妞你就懂了。」

這個回答就像小時候大人敷衍孩子的「等你長大就知道了」，聽起來沒有一絲一毫的誠意。而且在許多情況下，並不是他們無法回答，而是他們覺得，問題的答案比較令人尷尬。

不過，不管是不是真的這麼「練習」的，就憑這句話，二叔你真是戎馬一生啊……

我哈哈乾笑兩聲，將麵碗裡的湯水倒入路邊的排水孔裡，再將那塑膠碗丟進垃圾桶，最後繫上圍裙——開工。

二叔顯然常在這個地方開店，時不時有人從路邊走過，即便不過來買東西，也會和二叔點頭示意，算是打過招呼。

無論在什麼地方，二叔都能認識幾個人。我看他也沒什麼特別的交際手腕，但很沒道理的，都能和大家混熟，大概是勝在沒有社交壓力、多餘的人情往來。

他求的不多，即便工作勞累、生活不安定，卻也甘之如飴。

今天的客人不少也不多，嚴格說來，可能是這幾天裡最少的一次，加上有我幫忙，二叔一邊悠閒地端上各種料理，一邊還時不時地和客人聊上幾句。

他臉上的笑容，我看得出來，他喜歡賺這種開心錢、很滿意現在的生活狀態。

到了晚上十點，客人變少了，我已經將吧檯收拾得乾乾淨淨，卻一直沒有等到下一個客人。我問二叔：「沒什麼客人了，就算加班，基本上也都回家了，要不要提早打烊？」

「再等等，估計還有一個人要來……」

「約好的？」

「沒有。」

「那你怎麼知道？」

「我就是知道。」

「老闆，大份椒鹽炸雞、一份乾撈餛飩。」

一名穿著藍色連衣裙的年輕女子在吧檯的一側坐了下來，她沒有看菜單，直接點了自己要的食物。

「好久不見啊，小妹，我就想妳差不多要來了。」二叔笑嘻嘻地指了指旁邊的油鍋，「已經在炸了，稍等。」

女子長得極為秀美，氣質溫婉，但眉宇間堆積著濃濃的抑鬱。她笑著和二叔點點頭，我卻感覺不到絲毫的開心。

如果說，林曉霖是一個能將所有快樂都笑出來的女生，那麼這一位，就是即便她在笑，你也能感受到她的內心沒有陽光。

不過話說回來，她好能吃啊，不說二叔的餛飩量足餡多，光是那盤大份椒鹽炸雞，就足以讓人望而卻步了。

一般來說都是兩到三個人才會點大份的椒鹽炸雞，而如果一個人要點，二叔會很貼心地告訴對方，這不是一人份的量，建議買小份一些。

但這一次，二叔倒是沒說什麼。

我走進餐車幫忙二叔，聽到他在旁邊輕聲說了句，「一會端過去，椒鹽炸雞收她小份的錢，別多問。」

收小份的錢？

我詫異地看了二叔一眼，發現他臉上沒什麼笑容，看著那名女子的眼神略帶無奈和憐憫。

「嗯。」我應了一聲。

當我收完錢，女子低聲說了謝謝後，看向我問：「新來的工讀生？」

「嗯。」

「我叫卓蔦，你好。」女子對我微微一笑，我卻莫名地覺得她在哭，「老闆人很好，打工加油。」

「我叫沈琛，謝謝。」我應了一聲，回頭看看二叔，發現他不知道什麼時候掏出一根菸點上，開始吞雲吐霧。

「老闆，少抽點，對身體不好。」卓蔦對二叔勸道。

叫別人少抽菸的人，大多都是不抽菸；而在別人抽菸的時候叫別人少抽的人，通常是在表達自己不想吸二手菸的不滿，但為了緩和說話的口氣，會以關心的方式說出來。

不過，面前這位叫做卓蔦的女生……雖然沒有證據，我卻覺得她是單純的關心，因為她的眉宇之間感受不到對菸味的半點厭惡。

「老習慣了，我也就這點樂趣。」二叔笑了笑，「理解一下啦。」

卓蔦垂下眼簾，沉默地吃著餛飩，直到她慢吞吞地將餛飩吃完，甚至連醬汁也沒留下，最後才說道：「我理解，就怕老天爺不理解。」

「下次見。」二叔沒有搭話，卓蔦站起身，朝我點點頭，便拿起小包、踩著高跟鞋離開了。

這個時間點的商務區已經很安靜，卓蔦的高跟鞋踩在地上發出的聲音異常明顯，彷彿在人群中，你一眼就能看到這個憂鬱的女生。

順帶一提，那份椒鹽炸雞，她一塊都沒吃。

再順帶一提，那碗餛飩只要三十塊，而那盤椒鹽炸雞，做為餐車裡的特色料理，要八十塊。

我本來想問她是否要打包，但二叔的話還徘徊在耳邊，所以我忍下叫住她的衝動，看著她遠去。

「這個怎麼辦？」

我指著吧檯上一塊都沒動的椒鹽炸雞。

「當消夜囉。」二叔聳聳肩，拿出兩雙筷子，對我招招手，「坐吧，我一個人吃不了那麼多，你還要不要點別的？」

「呃，不用了。」我坐了下來，拿起筷子，好奇地問：「她既然不吃，幹麼點啊？還點這麼大份的。」

二叔沒有立刻回答我的話，而是拿出一罐啤酒，打開後往地上一傾，酒水便在地面灑出了一條橫線，「算是沾你的光了，小亮。」

我隱隱捕捉到一點頭緒，「這炸雞也是給他的？是誰啊？」

「以前的一個常客，長得還不賴，就是臉皮薄了點，他們兩個就是我牽的線。」

原來祭奠的是卓蔦的男友嗎？

我頓時覺得二叔的行為有點詭異，很詫異地望向他：「原來你還有這種做紅娘的嗜好……倒是和我媽挺像的。」

「噗！」

二叔一口啤酒噴了出來，連聲咳了幾下，然後瞪我一眼，「我沒這嗜好！」

「是嗎？」我將信將疑地看著他。

發現我不信，二叔哼了一聲，「我有動機的！」

「哦？」

二叔努了努嘴，「你看看，我的這輛餐車能坐幾個人？」

「擠一擠，至多十個人吧？」

「對，也就是說，我頂多同時招待十個客人，除非打包帶走的，別的客人就只能等著，否則就是走人。」說起這件事，二叔滿臉的鬱悶和無奈，「所以我最頭痛的，就是有人點了東西，結果坐在位子上死都不肯挪位。」

「哈？」我不太明白這件事和二叔牽紅線的動機有什麼關係。

說到這裡，二叔咬牙切齒、連珠炮似的罵道：「老子這輩子最討厭的就是把個妹還要遮遮掩掩，心虛得彷彿是劈腿不是把妹一樣！就知道在那邊看看看，光看有個鳥用！看到人家連個屁都不敢放，眼睛偶爾對上，那臉紅得可以當信號燈了！要追妹子到人家公司門口等啊！上我這裡幹麼？你下班早了不起啊!?下班早就跑到我這裡點一小份椒鹽炸雞，一坐就是三個鐘頭！等人家姑娘走了才吃掉最後一塊，簡直有毛病啊！」

我在旁邊聽了忍不住額頭冒汗，還真是第一次看到二叔抱怨滿滿的表情，那恨鐵不成鋼的語氣讓我想笑卻不敢笑，「你居然沒趕他？」

「看他那副樣子……」二叔想了想，無奈地搖搖頭，「嘖……不好意思欺負他，所以就幫了他一把。」

「後來呢？」

「後來？」二叔得意洋洋地說：「他們倆交往了以後，小亮就去她的公司門口等她下班，然後來我這裡吃宵夜，從一個人點一碗餛飩，另一個人點一小份的椒鹽炸雞，變成了兩個人點兩碗餛飩、大份椒鹽炸雞，提高了本店的營業額……你二叔我厲害吧？」

某方面來說，的確很厲害沒錯。

我「嗯」了一聲，那聲音連我自己都覺得不太有誠意。二叔倒是不在意，隨後嘆了口氣，「結果咧？才談了半年戀愛而已，人就沒了……」

「怎麼沒的？」

「肺癌。」二叔叼著菸，狠狠地吸了一口，「查出來後連一個月都沒撐過。」

我理解，就怕老天爺不理解。

我想起卓蔦臨走前的這句話，一下子感受到其中哀傷，不由得點點頭，「所以她才勸你少抽點啊……」

「嗯，她每天下班都會經過這裡，如果我開店的話，她一定會過來關照一下生意。」二叔笑了笑，完全不在意我盯著他指尖的香菸，「別看了，我真的就這點愛好，況且我抽得不多，就半包而已。」

我聳聳肩，「我理解，就怕老天爺不理解。」

二叔微微一愣，隨即笑罵一聲：「臭小子。」

我們在新意市待了四天，最後一晚營業時，卓蔦又來了。

她沒有和我們談起那位已經逝去的人，只是似乎很正常地和二叔聊著天、似乎很正常地用餐。

可她給我的感覺依舊帶著一抹無以言狀的悲傷，因為她還是和上次一樣點了自己愛吃的餛飩，還點了一份大份椒鹽炸雞。

當然，她依舊沒有對那份椒鹽炸雞動筷子的意思。

我忽然意識到，這種哀傷和懷念，在不知不覺間，已然成為卓蔦生活中不可分割的一部分。

她追憶那個人的時候，確確實實地感到悲傷，但自然也會從其所包含的酸澀中，品出一縷幾不可見的快樂。
這快樂隱藏在悲傷和回憶裡，彷彿一杯咖啡的苦味中浮起的淡淡甜意，即便微小，卻能讓她得到一種欲罷不能的救贖感。
直到她離開，二叔也只是拿出應對熟客應有的態度。他告訴我，他的宗旨是不輕易談論對顧客來說比較敏感的話題，也絕不給出任何好或者壞的建議。
「二叔，如果她想不開，到你這裡來，你會不會和看到小泉哥一樣勸勸？」
二叔懶洋洋地打包那盤椒鹽炸雞，面對我提出的問題，頭也不抬地說：「你哪隻耳朵聽到我勸他了？」
「啊？」
「我不是心理醫生，和客人的關係也沒有那麼近，如果客人真的要死，那我能做的，就是做頓吃的替他送行而已。」
用抹布將桌子擦乾淨，二叔開始收拾餐車，同時擺擺手讓我去把旁邊的垃圾桶收了。
「雖然這輛餐車到我手裡才兩年，但我在這裡已經做了五年，每年都會有一些客人變成熟客，但也有幾個熟面孔再也看不到了。如果每個都這麼糾結，還怎麼做生意？」

「那你在意他們嗎？」

「說完全不在意，那肯定不可能，畢竟總有些人會比較順你的眼，但是……」二叔的聲音裡帶著一種鄭重，「不要隨便插手別人的重要決定，你沒能力承擔別人的人生。」

「即便她要死？」

「即便她要死。」二叔不帶絲毫猶豫地回答這個問題，「如果她真的難過得想死，你就沒有權利強迫她痛苦地活下去。即便這個想法在你眼裡看起來很傻，但就算是傻子，做下決定的權利也是屬於他的。」

這是淡漠還是看得開，我分不清，但從二叔沒有吊兒郎當地糊弄我這點上來看，他的心裡並不是一點感覺都沒有。

只是他學會了接受。

那天之後，我越來越適應這種居無定所的生活，開始接觸那些我曾經以為很平常的人，但隨著接觸的深入，往往會發現，每個人都有故事。

就像一排覆蓋牌面的撲克牌，五十四張牌的背面都一模一樣，無聊得讓人提不起絲毫的興致，但翻開任何一張……花色卻各有不同。

我逐漸不再認床，無論讓我睡哪一張床，我都不再有失眠的困擾。我和林曉霖說起這個變化，林曉霖說，那是因為我有了勇氣。

整整一個月，我看起來好像瘦了，實際上體重卻有些增加，我吃得比以前多，力氣也比以前大；我開始固定兩到三天試著和父母談一些事。

儘管大多數都是無關緊要的廢話，但我還是試著和他們談談，因為我發現，他們也在努力地尋找話題。

就目前來說，聊天進行得不是很順利，時常會陷入尷尬和沉默，但好在，雙方都想改變這一點。

跟著二叔，我開始認識一些他喜歡的人、他討厭的人，因為是定點循環地旅行、營業，中途我還回到自己的城市幾次，但都沒有回家。

倒是父母曾經過來關照二叔的生意。老爸看著我打工的樣子，說等我回去後，家務應該能做得更俐落一些；至於我媽，則是笑咪咪地在旁邊吃著我端給她的關東煮，時不時湊趣地插上幾句話。

一切都在向前走，我不知道這算不算是一種妥協，也不知道這算不算是一種好的方向。

但總歸，我得試試看。

鑒於心裡的那團火，就是這麼說的。

只要選擇一個方向走下去，總會碰到一些好事，比站在原地要強得多。

因為我看到一些人，他們向前走著，即便遇到一些問題，但只要向前，一切都會變得好起來……

後來我發現，這也許只是一廂情願。

第十章 年華走過，不見將來

在這個炎熱的夏天，我跟著二叔巡迴了四個城市，每次停留的時間有長有短，短的兩三天就換下一個地方，而長的，會待一個禮拜以上。

二叔並沒有什麼計畫，在哪做生意幾乎全憑心情。看起來很任性，但就像他說的，雖然是打工，和旅遊也沒什麼太大分別。

在新意市南邊的昌南市營業時，意外地，小泉哥過來光顧了。他似乎很喜歡花襯衫，走過來的樣子也吊兒郎當的，隨意地找了張椅子坐下——這次仍是一身的酒味。

「來了啊，坐吧。」二叔似乎毫不意外，「吃什麼？」

「青椒肉絲、涼拌豆腐，再給我一罐啤酒。」小泉哥熟門熟路地點單，然後看向我，笑了笑：「沒想到我在這裡？」

「嗯，我以為你在連餘市。」

「我換地方混了，以後都在這裡，不走了。」小泉哥似乎已經走出陰霾，臉上的笑容和初次見面時一模一樣。

「喔。」我點點頭，沒有問他最近如何，因為二叔說，做為新世紀的店小二，必須要養成不瞎打聽的良好習慣。

小泉哥和二叔嘻笑怒罵，時不時轉過頭和我吹牛，說什麼已經在這邊聯繫了一個大金主，混出頭了云云。

他似乎已經完全忘去上次的狼狽，但我注意到他的眉角多了一道淡淡的疤。那次的事，終究在這人的身上留下了痕跡。

至於這痕跡有沒有留在心裡，恐怕要嘛是有，要嘛是告訴自己沒有。

待他走了，二叔看著他的背影搖搖頭，轉頭對我說了一句：「看來他還有得熬。」

八月底，餐車重新回到我家所在的連餘市，這一天客人並不多，二叔考慮著要不要提前打烊，還問我要不要回家住幾天。

我猶豫著不知道怎麼回答時，新的客人就上門了。

是計程車司機老劉。

一看到那車牌，我就知道是他。他在對面的停車位停下，然後齜牙咧嘴地走過來，一手扶著腰，看起來很不舒服的樣子。

「怎麼了？」看到他的臉色有點蒼白，我忍不住擔心地問了一句，「要去醫院嗎？」

「老毛病了，整天鬧著要罷工。」老劉皺著眉敲了敲自己的腰板，但在我眼裡，這個動作就只是一個盡人事聽天命的徒勞舉動，「過幾天去看看好了。」

他臉上一點舒緩的表情都沒有。

「所以今天就早點下班了？」二叔笑了笑，「吃什麼？」

「簡單點，滷肉飯和果汁就行。」老劉說著就要在吧檯坐下，卻被二叔擺手攔住——

「腰不好，少坐，站一會吧。」

老劉眨眨眼，很顯然沒料到二叔會這麼說，「你倒是挺內行的啊……」

「站著說話不腰疼嘛。」二叔嘿嘿一笑，「這是常識，你不是也知道嗎？幹麼還要坐下來？」

「久病成良醫，多少知道點。我現在純粹是看到椅子就想坐，有椅子卻站著總覺得吃虧啊……」老劉使勁地敲了敲背，卻因為身材過於肥胖，導致他的敲打滿是一種徒勞的無力感。他苦笑著：「不過我這個毛病，的確是坐出來的。」

「身體不好就多休息，別這麼拚，又不是十八歲的少年郎。」二叔遞了一杯牛奶給他，「喏，別說我沒照顧你啊，不收你錢，別喝果汁了，喝點牛奶補補鈣，對腰好。」

老劉道了聲謝，就這麼站著喝了起來；而二叔端出來的滷肉飯，他也是站著吃，最後卻沒有吃完。

他真的不舒服，所以胃口似乎不怎麼好。

老劉顯得有點不好意思，「不好意思，今天胃口不好。」

「那就早點回去休息，別硬撐。你這身材，晚上是得少吃點。」二叔皺了皺眉，我知道他不是在對浪費食物這件事感到不悅，純粹是不喜歡老劉這麼糟蹋自己，「這麼不舒服還不趕快回家躺著？」

老劉木訥地抓了抓腦袋，「習慣吃宵夜了嘛，不吃點總覺得少做了件事……行了行了，我馬上就走，好好休息一下，明天好了我再來。」

他說了這句話，但第二天老劉沒有來。

二叔說老劉經常這樣，估計是熬不住去醫院看病或者做推拿去了，於是我也就放寬心。

第三天的下午。

「妳怎麼來了？」

我詫異地看了看手錶，才三點半而已，「妳今天休息？」

「下午只開一個沒什麼用的會，我就蹺了。」

眼前的中年女子面帶微笑，她肩上挎著皮包，手裡提著一袋東西，「準備在這裡待多久？明天不走的話，把衣服給我，洗乾淨了我再替你們送來。」

「呃，不用這麼麻煩，現在我自己能搞定，媽。」

我拒絕了母親的好意，在看到她臉上那略顯失望的表情時，卻突然發現，我漸漸可以面對這種不知道何時讓我感到害怕的寵溺。

是的，我現在才發現，不知道從什麼時候開始，我害怕她這種對我寵溺到過分的態度。

彷彿我永遠是一隻不能離巢的雛鳥，只能張大鳥喙等著父母的餵食。

我曾經很喜歡這種感覺。但隨著漸漸長大，隨著我注意到心裡的那團火……

我便開始恐懼。

至於恐懼什麼，我已經明白了——我怕我再也飛不起來。

因為我越來越習慣這種寵溺，越來越離不開這種寵溺。她一直把我當作雛鳥，而到了這個年紀，我卻發現……我似乎真的一直是隻雛鳥。

「外面的世界，是沒有籠子的。」

我驀然想起二叔曾經說過的話，忍不住轉過頭去，發現他正似笑非笑地看著我。我心中一動，「喔，好像還有幾件沒洗，不過那幾件有點洗不乾淨就是了……已經很久沒穿了。」

老媽的臉上露出些許欣喜的神情，也許她自己未曾在意過這抹情緒，卻讓我莫名地有些心酸，「沒事，我來，我應該能洗乾淨，實在不行，我再從家裡拿幾件過來。」

「謝謝。」我道了一聲謝，卻見她受寵若驚地擺擺手，不由得啞然失笑：搞得好像我才是長輩一樣。

「既然來了，點些東西吃吧？」二叔在旁邊說了一句，然後對我努努嘴，「阿琛，你來。」

我和老媽同時愣住，隨後我點點頭，走進了餐車。

老媽則糾結地看著菜單，「你會做哪個？」

我一下子沒明白她的意思，「哈？」

「我想吃你在家裡沒做過，但在這裡學會的東西。」

「妳面前的菜單都難不倒妳兒子，儘管點，沒事！」二叔拍了拍胸脯，彷彿黑社會老大在幫一個新收的小弟打氣，「我都調教這麼久了，相信我啦，大嫂。」

老媽眨眨眼，小心翼翼地問我：「那我真點了喔？」

「點吧。」

老媽最後點了生薑燒肉套餐，她吃的時候不斷點頭，似乎對味道很滿意。但我知道，哪怕我只上了生薑忘了放肉，她大概也是這個表現。

她一邊吃一邊和我們聊，吃完了也沒有離開。大概到了晚上六點，客人漸漸變多，她不太好意思繼續占著位子影響生意了。

於是她低下頭，拿出錢包。

「哎哎哎，大嫂不用，別客氣。」二叔連忙攔住。

老媽自然固執地搖頭，她特別不喜歡在金錢上占別人便宜，「你這是做生意，這樣不好，錢是一定要付的……」

卻沒料到二叔笑嘻嘻地說：「我沒說我不收錢啊。」

老媽一臉迷茫，「啊？」

「如果嫂子妳平常來，這錢我一定不會收，但是……」二叔收起臉上的笑容，表情很認真地回答，「阿琛已經賺錢了，嫂子……是吧？阿琛？」

「呃，嗯。」我忙不迭地點頭，對老媽說：「這頓我來。」

聽到這句話，老媽呆呆地坐在椅子上，良久才點點頭，感激地對我笑了笑，「我明天把衣服帶來。」

最後，我將換洗的衣服交給她，看著她有點戀戀不捨地離開。

我注意到她臨走前眼裡的失落和欣慰……

也許她發現了。

我不會再拒絕她的寵溺。

但也不再需要她的寵溺。

她希望我能踏出這一步，卻又希望這一步的時間，可以盡量來得晚一些。

我們快打烊的時候，老劉很少見地沒有開車過來。

他慢悠悠地走到餐車前，在我的招呼下，坐上吧檯中間的椅子。

「來了啊，今天怎麼這麼晚？看樣子現在腰不疼了？」二叔笑著向他打了聲招呼，老劉則對二叔點點頭，道了聲好，臉上卻沒什麼笑容。

老劉如果有出現，一般都是晚上十點左右，而今天，到了十一點，他才這樣慢悠悠地走過來……不，或者說，是無精打采地走過來。

看到老劉的樣子，二叔揚了揚眉，沒有說什麼。尋常情況下，除非客人有傾訴的欲望，二叔並不會主動去詢問客人的情緒問題，否則很容易捲入他人的生活，再也無法保持一種交際上的悠然，所以他說：「今天想吃什麼？哦，先給你一罐果汁對吧……」

說著，二叔打開一罐果汁，但老劉隨即說道：「今天……我就不喝果汁了。」

二叔微微一愣，看了看手裡已經打開的果汁，朝我一遞。

我懂他的意思，伸手接過——這罐飲料歸我喝了。

「有酒嗎？」

老劉出聲問道。

這個問題讓我和二叔相互對視了一眼。我們都知道，為了安全駕車，老劉從來不點酒，他都是在這裡喝些果汁、吃些小菜，回家再喝自己老婆準備的啤酒。

也許是看出我們的疑惑，老劉抓了抓自己光禿禿的腦袋，擠出一個笑容，「也不知道以後會不會再來你這裡吃東西了，或許是最後一次，所以，喝點酒好了。」

「怎麼了？」我忍不住詢問。這一個多月裡，我總共見過他四、五次，對這個安安穩穩過日子的計程車大叔觀感還不錯。

「老毛病，但這次好像熬不住了，醫生說脊椎出了問題，也許會癱瘓，得先調養看看，能不開刀就盡量不開。」老劉擠出一絲微笑，但笑得有點勉強，「不過嘛，不管最後結果怎麼樣，計程車肯定是開不了了……所以，之後比較難過來。」

二叔聞言，沉默地遞給老劉一罐酒，然後自己也開了一罐，「今天這頓我請，吃什麼？」

「別別別，我又不是來求同情的……」老劉連連擺手，苦笑著說：「而且這樣我哪還好意思點東西啊……」

「同情？說不上，心血來潮而已。」二叔勸了幾句，老劉還是不肯應聲，他便不耐地說了一句：「那你別點了，我做主。」

老劉拗不過二叔，只好連連道謝，同時又遞了根菸過去。二叔也不拒絕，叼嘴上就開始抽了。

很快，二叔端上了椒鹽炸雞、回鍋肉、酸辣馬鈴薯絲、一碟花生，而最後……還端上那碗給我吃過的涼麵。

老劉看到涼麵裡漂浮的冰塊，愕然地問道：「你店裡還有這東西？我從來沒見過啊……」

「因為我從來不賣它，這碗麵不賣的。」二叔拍了拍老劉肥厚的肩膀，笑罵一聲，「你就是太胖了，才會出毛病，回去減減肥，身體肯定會好一些的。」

老劉也不生氣，吃了一口麵後，眼睛微微一亮，對二叔豎了個大拇指。他嘴裡含著麵條，口齒不清地說：「這麼好吃的東西你如果寫在菜單上，我估計每次來都會點，幹麼不賣啊？」

「以前遭難的時候，有人給我吃這碗麵，我才有今天。」二叔夾起一顆花生放進嘴裡，愜意地瞇起眼，「後來事情過去了，我本來還想報報恩啊什麼的，結果上門去說，人家根本就把我忘了，知道我的來意後，最後就對我提了一個要求……」

「什麼？」

「以後看到有人倒楣了，給他一碗麵吃，因此我就跟著學了這碗麵的做法。」

說到這裡，二叔朝麵條努努嘴，「吃完它，能走運的。」

老劉眨了眨小眼睛，滿是迷惘，「走運？」

二叔狠狠地點頭，「真走運，我當時吃了這碗麵，那放高利貸的混球第二天就被車撞死了，老子從此無債一身輕。」

我心裡有點異樣，忍不住開始胡思亂想：不會是因為後果這麼可怕，二叔才不賣這碗麵的吧？

而老劉看著麵條的眼神頓時也變得驚悚，哆嗦著問：「這麼邪門？真有那麼恐怖？」

「那你吃不吃啊？」

刺溜！回答二叔的是老劉狠狠吸麵條的聲音。

待酒足飯飽，桌上的菜還剩下一些，啤酒已經開了三罐，老劉突然嘆了口氣：「我這輩子也沒幹什麼傷天害理的事，要是七老八十得這個病我還能接受，現在就來……若是癱瘓了，那還真不如死了呢，省得拖累家裡人。」

「呸呸呸！童言無忌、童言無忌！」二叔打斷老劉的話，瞪了他一眼，「你亂說什麼呢？」

「亂說？」老劉苦悶地搖搖頭，「我本來還想再開幾年，把房貸還清了，結果……這副樣子。」

「喔，今天老劉還在啊？」

一道熟悉的聲音從身後傳來，我轉頭望去，發現是小泉哥來了。他今天穿著一件紅綠相間的花襯衫、一條米色的西裝褲，大搖大擺地走過來，一看吧檯，頓時樂了，「唷，這麼熱鬧？我也來湊一份？」

他一走近，我又聞到了他身上的酒味……除了他被揍的那次，他每次來都是渾身酒味，我已經見怪不怪了。

「坐吧，今天我做東。」二叔拍了拍身邊的凳子，對我說：「阿琛，拿罐啤酒給他。」

我應了一聲，沒有插進他們的對話，只是看著三人天南地北地聊著，在夜空下，他們高聲談笑，一點都不在意是否會影響到他人。

也許他們知道會，但今天，他們不想在乎這些。期間沒有一絲一毫的傷感，彷彿只是為了發洩和快樂。

散場也散得很愉快，至少表面上……很愉快。

待他們走後，二叔臉上的笑容消失。看著老劉的背影，他無奈地搖了搖頭，轉過身對我說：「這也是過日子，就算日子過得再老實，有些麻煩還是會有，老劉……可惜了。」

確實可惜，可惜到讓我也覺得壓抑難受——我覺得一個努力生活的人，不該有這種待遇。

更大的原因是，他比我努力多了。

「這年頭願意老實工作還知足常樂的人不多了。」

聽了這句話後，我沉默了很長一段時間，才想起一個問題來：「二叔，你說的是真的嗎？」

「你指什麼？」

「你吃了那碗麵後，那個放你高利貸的人死了。」

二叔看了我一眼，撇撇嘴，「沒錯，他是死了，不過這世上哪有這麼便宜的事，他的小弟沒放過我，我熬了兩年才還清。」

「原來你是騙他的啊……這麵條根本不會走運嘛。」說著這句話，我心裡不知道是放心還是失望。

「只是替他打氣，讓他好過一點。」說到這裡，二叔頓了一頓，很無恥地辯解了一句，「還有啊，我沒騙他，我只是哄他而已。」

「……」

「幹麼？」二叔被我的目光盯得有點不自在，人往旁邊挪了挪，警惕地看著我。

「二叔啊，你有沒有哄過我？」

「……打烊收工，洗澡睡覺，長身體的時候別老熬夜！」

用這種方式結束話題，反而讓人更加不安了。

依舊是那座市立公園，我躺在帳篷裡，透過手機和林曉霖聊天，這算是一整天下來非常值得期待的消遣。

我戴著耳機，專心注視她發過來的消息。

都是一些旅途中的小事，比如關於旅費的計畫變更、這幾天拍了什麼照片等等，我們會互傳一些最近拍的照片。

因為她的關係，我也學會了在空閒時去試著拍攝——我發現這是一種很好的舒壓方式。

快門鍵的聲音、藉由拍照讓自己注意一些曾經忽略的事物。

我第一次發現，路邊的水龍頭在陽光下出水的樣子很美。

我第一次發現，布滿灰塵的斑駁磚牆，自裂紋裡流露出年華的味道。

我第一次發現這麼多，它們一直存在、我卻一直沒在意的東西。

她本來是早睡的類型，因為我的關係，在不知不覺間調整了生理時鐘。我對此感到很抱歉，曾經建議乾脆白天聯繫，但她大剌剌地說好不容易出來瘋玩、沒人管了，當乖寶寶怎麼行之類的話。

剛開始我沒當一回事，只當她是客氣話，所以晚上就不發訊息過去了；結果反而是她傳訊息過來，於是我沒有辦法拒絕，當然也不想拒絕。

她很驚奇地和我說，她第一次熬夜，感覺有點累，卻很特別。用一句話來形容就是——

「好像生命被延長了。」

這是她傳過來的原句，我則回了一句：「為什麼？」

「不睡覺之後才發覺，一天的時間真的好長，原來有這麼多時間都被人睡過去了。人有三分之一的時間在睡覺，聽起來就好像每個人都失去了三分之一的壽命，如果有個人活到九十歲，那他其實只活了六十年而已。」

「妳這麼一說，睡覺這件事變得好嚇人。但總不能不睡吧？不睡的話撐不了多久就進棺材了吧？」

「對喔，更嚴重的還會有黑眼圈呢！」

……一般來講，進棺材不是比黑眼圈可怕嗎？

不等我回話，林曉霖又傳來一條訊息，「不說啦，我還要趕路呢！」

「這麼晚了趕路？」

「我要到下一個地點看日出，所以要早點出發啦。你睡吧，晚安。」

「晚安，路上小心點。」

於是我關了手機，閉上眼，僅僅一會，我便沉沉睡去……

第二天是趕路，這一個多月已經輪了三、四次，因此我知道下一站是新意市。託第一次遲到、餓到八點多才吃到飯的福，我和二叔在下午兩點便開車出發了。

一般來說，今天如果能照預定時間進入市內，我們的營業地點會在一處商店街附近的轉角。但看著車窗外的街景，我漸漸覺得有點不對。

「二叔，今天去哪？」

「國際商貿大廈，就是第一次帶你去的那條商業街。」

我看了看手機上的時間，才五點不到而已，「今天這麼早還去那裡？」

「八月十七日這一天，就得去那裡。」二叔瞥了我一眼，看我不是很明白，便補了一句，「今天是小亮的忌日。」

我一下子懂了，卓蔦要來，「我以為你通常不會太在意客人的事。」

二叔沉默了一會，這的確不是他的營業風格。隔了好半晌，他才重新開口，「他們是我牽的線，終歸有點情分在。」

「愧疚？」

「你今天很多話喔。」二叔伸出手拍了我的腦袋一下，「今天還是做生意，和往常沒什麼不一樣，只是與人方便而已。」

我扯扯嘴角，算是笑了一下。經過這段時間，我也漸漸看懂了二叔的行為模式，他看起來和很多人都聊得上，卻沒有一個人可以讓他無話不談。

他很小心地控制著自己與客人之間的關係，這不是為了拉生意的虛偽，而是珍惜。在最美好的距離保持來往，是一種極為安全的長久交往之道。

但問題是，人的內心深處，終歸會希望能有一個可以互相靠近的對象。

「卓蔦和你約好了？」

「沒有，但如果能知道她不會來，倒是一件好事。」二叔的話透著一股唏噓之感。

她如果不來，也許就可以算走出陰影了。從這方面來說，倒的確是一件好事。

「也就是不知道什麼時候會來吧？」

「應該和以前差不多，小亮死了以後，她通常會加班晚一些。」

看得出來，二叔今天沒有太大的興致和客人聊天，只是偶爾和一些熟客說上幾句，便只管做自己的事。我在一邊看著，發覺氣氛有點壓抑。

我也只是收帳、收碗筷、擦桌子，和幾個已經認識的客人聊上幾句。

時間彷彿地底的暗流，在不知不覺中悄然無息地淌過，客人開始越來越少，很快，就到了卓蔦平常來的時間。

十一點半，卓蔦還是沒有來。

二叔的表情說不出是輕鬆還是失望，他搖搖頭，轉身開始收拾，「打烊收……」

答、答——

在已經沒有人的街道上，一陣明顯的高跟鞋落地聲響起，腳步聲由遠及近，讓二叔的身軀微微一僵。他重新看向街道對面那位緩緩走來的女子，忍不住無奈地摸了摸鼻子。

「老闆，好久不見。」

卓蔦這次穿著一條貼身牛仔褲、簡單的白色襯衫，襯衫的下襬打了一個寬鬆的蝴蝶結。這是我第三次見到她，而前兩次，她沒有穿得那麼隨意。

因為是忌日，所以心境上有了一些轉變嗎？但關於這個轉變，我可能抓不到重點。

「我還以為妳今天不來了。」二叔苦笑著搖搖頭，「妳得稍微等一下，我重做，還是老樣子吧？」

「嗯，麻煩了。」說完這句，卓蔦看向我，微微一笑，「好久不見，已經做習慣了？」

「呃、嗯，還好啦。」

「他還差得遠呢。」二叔在旁邊不屑地呿了一聲。

大約過了一刻鐘左右，一碗餛飩和一盤大份椒鹽炸雞被放在卓蔦面前的吧檯上。只見卓蔦從桌上拿起一雙木筷，將其掰開後，左手拿著湯匙，右手拿著筷子，穩穩地撈起一顆餛飩，湊到嘴邊的時候，她卻停了下來。

「不好意思啊，老闆，今天讓你等了這麼久。」卓蔦輕聲說道。

「沒什麼，我本來就做得很晚。」二叔擺擺手，「沒在特意等妳啦。」

卓蔦放下手中的勺子和筷子，伸出手指，將鬢髮捋到耳後，露出清秀的側臉。那臉上，帶著淡淡的疲憊，「我來新意市六年了，下個月，就要三十歲了。」

「……」二叔沉默著，沒有回話。

「我三年前認識他，交往不到一年，剩下的時間，我本來打算用來懷念，因為我這輩子大概再也碰不到那樣的人了。」說到這裡，卓蔦眼角泛淚，似乎想起什麼，突然輕輕笑了出來，「他走後不到三個月，家裡就催著我去相親。」

二叔點點頭，「家人著急嘛，傳統一點的話，也可以理解。」

卓蔦看了二叔一眼，點點頭，算是認可他的話。而我看見她此刻的樣子，連忙遞上一包面紙。

「不好意思，謝謝。」卓蔦低聲道謝接過，擦了擦眼角的淚，吸吸鼻子，「我剛來這裡的前三年，雖然忙了點、累了點，但感覺還不錯。認識他以後，我過得越來越開心，現在卻越來越累，都不知道什麼時候就撐不下去。真的很奇怪，認識他之前，明明一個人也可以的，現在卻有點吃不消了。」

二叔笑了笑，他的笑容和卓蔦不同，感覺不到傷感，但滿是緬懷，「那也是他比較寵妳嘛……他人不錯。」

「是啊……把我寵壞了。」卓蔦就這麼淒美地笑著，淚水從她的眼角溢出，彷彿葉尖的露珠般，自她光潔的臉頰滾落，「寵壞了，他就跑了，留我一個人在這裡。」

二叔聞言，不由得再次陷入沉默。

「他走了，但我沒走成。」卓蔦低下頭，雙手拽著面紙，握得緊緊的，「我也不想走，這兩年裡，我一直想著他，也覺得這樣想著他的自己挺不錯的。朋友想替我介紹男生，我會和他們說我還不想找，我會說，我談的是真正的戀愛，所以沒那麼容易去找下一個……

「我就是希望自己是這樣的一個人，我甚至覺得多看一眼讓我有好感的男生，都會有一股罪惡感……我想要成為這樣的人，可我不想要這樣生活。」

說到這裡，卓蔦輕嘆一口氣，「很狡猾的想法吧？一方面覺得如果輕易就走出來，就是對過去的背叛，但一方面又很明白這樣下去不行，遲早……遲早要做出決定。」

二叔神情一動，仔細地看著卓蔦，最後似乎發現了什麼，「妳今天沒戴耳環呢……決定了？」

卓蔦抬起頭，抿著嘴點點頭。

二叔露出笑容，「我以為妳至少還得過一段日子才行。」

「一個禮拜前，我洗澡的時候，弄丟了其中一只耳環。」卓蔦接過二叔倒給她的一杯水，道了聲謝，「我當時發瘋般的找，最終仍是沒有找到，我猜是不小心沖到下水道了……」

說到這裡，卓蔦頓了頓才開口，聲音中帶著些許惆悵，「有些東西，丟了，就再也找不回來。那耳環是他買給我的，卻丟了一只，那天我一晚上沒睡……最後，我把另一只耳環也沖下去。本來就是一對的，另一個留在原地，也沒什麼意義了。」

一絲涼風吹過，吹亂了卓蔦的長髮，她抬起頭看向天空的那一輪圓月，「就算留在原地，找不回來的東西，終歸是找不回來的。」

「嗯。」二叔點點頭，抿著嘴，不斷地應聲，似乎在對她說的話表示認同，卻多少有些感傷，「想通就好。」

「家裡一直催我回去相親，爸媽也不想讓我一個人在外面打拚，我一直沒答應，這個月他們又打電話過來了。」

卓蔦張了張嘴，卻沒有發出聲音；她想要強迫自己笑出來，但還是失敗了，最終只能咬著嘴脣，低聲哭泣，「這次我沒拒絕，我……我今天剛辭職。」

「……」看著卓蔦低頭哭泣，二叔反而露出了些許笑意，「能有勇氣向前走，是好事，小亮也能走得安心……嗯，這樣講起來，妳以後就不太有機會來我這裡吃東西了吧？」

卓蔦抬起頭，她笑中帶淚，語氣真摯，「這段時間謝謝你，讓我有個可以懷念他的地方……但從明天開始，我不想再懷念了。」

「既然是最後一次了，不試試？」指了指吧檯上那盤椒鹽炸雞，二叔意味深長地說：「就算告別，也盡興一點吧。」

卓蔦將目光投向食物，呆呆地看了那盤椒鹽炸雞良久，最終還是舉起了筷子。她拿筷子的手有些抖，幾乎是以一種顫顫巍巍的姿態將那塊炸雞放進嘴裡。

良久，卓蔦讚許地點點頭。她的手捂著嘴，下意識地遮掩自己咀嚼的模樣，「兩年沒吃了，味道……真的滿好的。」

二叔嘿嘿一笑：「那當然，招牌菜嘛。」

「就是、少了個人。」卓蔦面帶微笑，眼淚卻沒有停下來，「果然，一吃這個……就沒辦法不想到他……」

「所以說，告別的話，盡興點。」

「嗯。」卓蔦的聲音帶著哽咽，「就今天一次，今天是最後一次……我以後，再也不吃了。」

也許因為是最後一次，卓蔦待了很久，直到十二點半才起身離開。

卓蔦走了以後，二叔的臉上不知道是高興還是傷感，也許兩者皆有。

他看著卓蔦遠去的背影，長嘆了口氣，「又一個熟客沒了。」

我不知道二叔是在心疼店裡的營業額，還是感嘆人生的無常，但對我來說，我還是覺得卓蔦並沒有準備好前進。

就像我沒考上大學，在家裡猶豫著、原地踏步一樣。

但事實是，不管我們到底準備好了沒有，手錶裡的秒針從來就不會停下。卓蔦明白這一點，所以她決定一邊走、一邊哭，來讓自己習慣。

有些時候，脆弱沒有關係，但至少要學會逞強，否則路就走下不去。

因為卓蔦的關係，今天打烊晚了，等一切都收拾完畢，我躺進帳篷、打開手機，卻沒看到來自林曉霖的訊息。

是玩太累睡著了嗎？

我本想和她說說今天發生的事，但看來不是時候。我的心裡不由得有些失望，但隨即留言給她，讓她注意休息。

當訊息傳出後，我才發現，我竟然開始習慣每天和林曉霖保持交流，一旦中斷，反而會有點不自在，好像有什麼事沒做一樣。

我手裡的智慧手機，終於不只是擺設了，而且也不讓人討厭。

意識到這點的我，忍不住心滿意足地勾起嘴角——

這樣也不賴，有什麼事，還是明天再和她說吧……

然而第二天醒來，我發現和她的對話群組裡沒有回訊，而我發出的訊息，也沒有顯示已讀。

心不由得沉了下去。

在那之後，我再也沒有打通過林曉霖的電話。

第十一章

下個轉角，我會等你

「呼……呼……」

我瘋狂地向前衝刺。

很久沒有跑這麼快了，我感覺得到自己的胸腔猶如一面不斷被敲打的擂鼓，隨著氣血上湧，心臟劇烈地跳動。

消毒水的氣味瀰漫在空氣中，那強烈的不安在一個星期的壓抑後，似乎再也無法控制。得到消息的瞬間，我感到心痛如絞。

七〇三、七〇三……

我念叨著病房號碼，最後在一間打開門的病房前停了下來。

我大口大口地喘著氣，使勁地瞪大雙眼，卻因為劇烈的運動，導致視線有點模糊，我搖搖晃晃地走進去。

「誰啊？」

那一聲如羽毛般輕柔落在心裡的熟悉聲音，在病房之中響起，我向發聲之人看去，「曉霖？」

閉著雙眼的少女露出開心的笑容，「沈琛？」

「妳這是怎麼搞的？」

「被車撞啦，所以變成這樣，突然就沒辦法聯繫你了，抱歉喔。」林曉霖滿不在乎地說道，聽起來一如既往地神經大條，但我知道，這不是一件糊弄過去就不會在意的事。

「不是，比起這個，妳的眼睛……」

「嗯，瞎了。」

「……」彷彿一柄尖銳的利刃自心臟劃過，瞬間的火辣轉化為一種酸脹感，最後醞釀成一股讓人說不出話的疼痛，如被盛放在迸裂的玻璃杯裡一樣，順著缺口蔓延開來。

「別難過啦，其實這樣還是有好處的，至少不用去上學啦……嘿嘿。」

「……」

「……你說話啊，沈琛。」

「……」

「……你不說話的話，我會想哭的。」

「對不起。」我發出聲音的瞬間，才發現自己的聲音乾澀得讓人難以置信。

林曉霖聞言，輕輕笑了起來，「為什麼你要向我道歉啊？」

「不，只是想這麼說，所以就這麼說了。」我轉頭四顧，看了一下房間，「妳家人呢？不在？」

林曉霖愁眉苦臉地說：「他們要晚上才能來陪我，白天得靠護理師姊姊照顧呢……所以白天很無聊，都沒人陪我說話。」

「什麼時候的事？」

「看完日出回去的路上，被車撞了。」

「那……」我猶豫了一下，最終還是忍不住將這個可能揭人傷疤的問題提了出來，「妳的眼睛，還能好嗎？」

林曉霖的臉色在這一刻變得蒼白，臉上的笑容凝固，十分勉強。

我一下子明白了問題的答案，隨後發現林曉霖嬌弱的身軀，似乎在壓抑著什麼，輕輕地顫抖著，「妳……」

「我不想哭的。」林曉霖的聲音開始忍不住哽咽，「你不要害我哭啊……我是真的不想哭的。」

我忍不住跟著難受，連忙道歉，又扔出了幾個蹩腳的話題試圖轉移她的注意力。我們似乎回到了在虛擬軟體上聊天的狀態。

但我明白，這終歸是不一樣的。

在手機上聊天，我們隔著的是距離；可在這間病房裡聊天，我們卻避不開悲傷。

在我離開病房前，我和林曉霖約好了還會來陪她。到了一樓，二叔正靠在牆上等我，我走到他旁邊，發現他的側臉沒有絲毫笑意。

「二叔。」

「嗯？」

「這幾天能不走嗎？」

「你要幹麼？」

「我想要陪她到出院為止。」

「這次我不和你開玩笑，但你得給我理由。」二叔聞言，從懷裡掏出一包菸，但隨即又放了回去，顯然想起醫院內不能抽菸這件事。他低聲罵了一句什麼，但我沒聽清。

「她家人白天來不了，晚上才能來。她幫了我很多，所以這次，我想要幫她。」

二叔轉過頭來，看了我良久，把我看得有些心慌，「就這些？」

「……就這些。」

「鬼才信你。」二叔冷哼一聲，用手指點了點我的腦門，彷彿要把我此刻的樣子牢牢記住，「我會和她爸爸說，你知道自己在做什麼就行。」

「……我知道自己在做什麼。」我再次感覺到那股久違而熟悉的躁意。我看著二叔，相信自己此刻的表情說不上友善，但我再三重複：「我很明白。」

「你明白什麼？」

「……我就是明白。」

「喜歡她？」

「沒有。」我回答得很肯定。

二叔嗤笑一聲，滿臉不屑地看著我，「真的？」

「你很煩欸……」

「那好，隨便你。」二叔不再和我廢話，直接轉身離開，「那從今天開始，你就留在這裡，每天下午四點我會來接你。」

很顯然二叔覺得我的決定，或者是我給他的回答有點問題。

這些問題我自己都不確定是否存在，所以也不覺得他的想法就一定對。整整一個星期，我每天八點過來，時常還會帶上她喜歡吃的糖醋肉。

也許是常來的關係，林曉霖沒有辦法在我面前強撐太久。在我今天餵她吃飯的時候，她突然睜開眼睛，表情卻無比茫然和無助。

「……怎麼了？」

「沈琛，你說，我這輩子吃東西是不是都要靠別人餵了？」

「妳只是不習慣而已，等生活穩定了、習慣了，妳就能做到很多事，做到很多我也沒辦法做到的事。」

「比如？」

「比如我到這裡這麼久了，還認不全這裡的護理師，但妳現在光聽腳步聲就能分出來。」

這是林曉霖窮極無聊時和我玩的遊戲，由她躺在病床上猜猜走過來的護理師或者醫師的身分，而我來驗證她猜得對不對。

「可惜，更多以前做得到的事，我再也做不到了。」

林曉霖的神情低落，我一下子不知道怎麼安慰。我本來就不善於說話，更何況對一個失去光明的人來說，恐怕也沒有太多的方法能讓她樂觀地看待這件事。

就算是陽光樂天的林曉霖，這一次，也沒有半點懸念地陷入低谷。

「來，張嘴。」我夾起一塊糖醋肉，湊到她的嘴邊。

「對不起啊，我突然……」林曉霖低下頭，輕聲說道：「有點沒食欲。」

我沒有勸她繼續進食，分不清是沒有勇氣提出反對，還是因為我發現……自己也許和她陷入了同一種境地。

這個假期改變了我身上很多地方，原因有很多，多到我都分不清主次。但在這一個星期，我隱約有了一種猜測。

很多人的改變，是因為看到了某個人，他可以是明星、可以是歷史人物、可以是家人，甚至，還可以是一個陌生人。我想要讓自己更靠近一點，我想讓自己變得和林曉霖一樣，對目標堅定並且充滿快樂。

我很羨慕她。

不，應該說，我憧憬她。

「那我們到樓下的小公園散散步？」

「嗯。」林曉霖應了一聲，聲音有氣無力，彷彿一隻筋疲力竭的小貓。

我向護理師要來輪椅，扶著林曉霖坐上去，這期間我碰到了她的手，冰涼一片，冷得讓人心裡發酸。我推著她進電梯，從側門走入醫院附屬的小公園。

天氣依舊炎熱，說實話，現在並不是出來閒逛的好時間，但林曉霖在病房裡待得實在太久，我怕她感覺悶，便頂著太陽出來了。

「……沈琛，差不多要開學了，你不回去上學嗎？」

林曉霖這個問題，讓我心裡微微一跳，我猶豫了一會才低聲說道：「我現在沒上學，我沒考上。」

「是嗎？不過也沒關係，反正如果要再考，也不是沒有機會。」林曉霖吸了吸鼻子，仰起頭，看向我，但她的瞳孔沒有焦聚，裡面茫然一片，只是單純地倒映著我的身影，「像我的話，估計就沒什麼機會啦……」

「……」

「別說上大學……我連拍照，都拍不了啦。」

「……」

「沈琛，我現在找不到想要做的事了，要嘛躺著，要嘛坐著，連抱著相冊想我的毛球都做不到了……」

「……會有的。」我拍了拍她的肩膀，一字一頓地說：「我認識的林曉霖，肯定會有的。」

林曉霖仰著頭愣住了，她發呆了好長一段時間，然後，露出一抹微笑，不像她過去那般快樂到要溢出的笑容，而是摻雜著感激和哀傷。她笑容裡的快樂，終於不再純粹。

「你比我還要有信心呢，謝謝。」

「嗯。」

「但是呢，沈琛……」

「怎麼了？」

「我好後悔。」林曉霖輕聲說道：「我不該不聽父母的話，一個人跑出來玩……我不該那麼晚還一個人出去看日出……我不該一個人這麼久都不回家……我不該為了拍日出一晚上沒睡……我不該……」

她說了數不清的「我不該」，每說一次，她的背便往前彎下一分，到最後，她痛苦地蜷曲在輪椅上，終於忍不住開始抽泣，「眼睛瞎了，也把毛球害死了，有生以來……第一次有了想死的念頭，雖然知道不對，但還是會忍不住去想，如果……

如果我、我沒喜歡攝影該有多好……我不該去學攝影的……」

我以為我這輩子都不會因為自己的無力而感到悲傷，爭取不了的，大不了放棄就是。但唯獨這一次，我看到這個再也見不到光明的女孩，在我眼前泣不成聲時，我開始痛恨自己的無力。

我發現我什麼都做不了。

在這個月裡，我第一次想要努力向前邁步，追趕那充滿陽光的少女背影，但追著追著，她卻倒下了……

少女的聲音顫抖著，「也許，還是你以前的生活方式好……你是對的，人本來就應該要安分一點才對。」

我的心中莫名湧上一股衝動。

我伸出雙手，自背後將女孩抱住。在我抱住林曉霖的時候，她的身體有些僵硬，但我沒有在意這件事，只輕聲在她耳邊說：「……唯獨這句話，我真的不希望從妳的嘴裡聽到，因為妳，我第一次想要試著改變自己，所以，別否定自己的一切，否定的話，我好不容易鼓起的勇氣，可就沒了。」

林曉霖似乎平靜了下來，卻也不願意多說，我發現她的耳朵紅了，這讓我也有點不好意思。

良久，她發出宛若蚊子般細小的聲音，「回去吧。」

「……嗯。」

回到病房，氣氛一下子變得有些尷尬，我突然有點後悔剛才的冒失舉動。

我不確定這番話是否能夠讓林曉霖振作起來，但就現在的樣子，至少暫時不會繼續消沉下去。第一次，和林曉霖待在同一間房裡會讓我感到尷尬。

「沈琛。」

「嗯？」

「不行。」

「什麼不行？」

「……」我忽然明白了她的意思，忍不住開口：「所以我之前就說，我是因為妳……」

「現在我自己都撐不住了！憑什麼還要為你的勇氣負責!?」

林曉霖突然對我大叫，聲音中充滿了煩躁和絕望。那話語帶著一股冰冷而刺骨的氣息，如利刃刺入我的耳膜。

我只覺得自己的呼吸微微一滯，心臟感覺到一抹酸楚，隨後淡化成輕微的疼痛。我呆呆地看著她，一下子不知道該做何回應。

「……對不起。」良久，林曉霖低聲致歉，頭垂得低低的，「我也不知道怎麼了……」

我慌忙安慰著，「沒關係，本來就是我不對……」

說著說著，我卻不知道該怎麼接下去，而林曉霖也陷入了沉默。當我發現氣氛變得沉重時，就更加開不了口了。

好不容易磨到下午四點，我和林曉霖告別，上了二叔的車，準備打工。

接下來的時間我有些心不在焉，我整整算錯了三次找零、兩次送錯食物，這是我剛來餐車工作的前三天才會發生的事。

最後到了打烊時間，二叔開始發揮他的嘲諷天分，「喔，阿琛，今天很成功地把魂弄丟了啊……你該不會在醫院裡偷看了護理師小姐換衣服吧？」

「抱歉。」

「你知不知道你在做什麼？」

再次聽到這個問題，我的心裡有些不悅，「你到底想問什麼？」

「我本來以為經過這段時間的鍛鍊，你會變得像樣點。」二叔嘆了口氣，臉上滿布失望，「這段時間，你到底有沒有長進？」

「……我在打工啊，我有在努力生活啊，怎麼了？」

「別把『努力』這兩個字說得這麼冠冕堂皇，好像無論什麼事情前面加上『努力』你就變得很不錯了一樣。」二叔聞言，絲毫不掩飾自己的不屑，「哈」了一聲，斜眼看著我，「省省吧，你那不叫努力。」

心裡的那團火騰地冒了上來，我瞪著二叔，向他怒問：「不然你還想我幹麼!?現在立刻回家努力複習，來年考上全國首府大學？只有這種才叫努力嗎？那我這段時間每天只睡六小時不夠拚嗎!?你還要我怎麼努力？我這副樣子不叫努力叫什麼？」

二叔面無表情地看著我，眼裡的冷意彷彿一盆冷水澆上我的心頭。良久，他將一句話重重地捶進我的耳朵：「你那叫無可奈何。」

「……」

「這個世界上，不是每個辛苦的人都可以叫做努力。看到你辛苦，別人說你努力，那只是在安慰你，讓你別想著去死而已！」說到末尾，二叔的語氣漸漸加重，這一個多月來，我第一次看到他這麼正經而嚴厲地教訓我，「所謂『努力』，是在你有後路、可以偷懶的情況下，卻依舊選擇那條又苦又累的路，而不是被環境逼得不得不做一些自己不想做的事！所以『努力』這種東西，前提是『覺悟』，絕不是『無奈』！而『覺悟』這種東西，前提是『勇氣』！可這些東西你現在有嗎？」

「我……」

「你別和我說你有，連喜歡人家都不敢承認，你說個屁啊！連自己為什麼做這些事都不敢去想，你說個屁啊！幫曉霖？哈哈，你覺得你有資格這麼居高臨下地使用這個詞？單方面地把自己的期望灌注在她的身上，來讓自己重拾信心，你就是個徹頭徹尾的膽小鬼！」

我突然覺得自己失去了大半的力氣，疲倦感沒由來地襲來。

他說得沒錯，在聽到林曉霖進了醫院、再也看不見這個世界的時候，我也覺得自己再也看不見未來。我想讓她好起來，她好起來，我才會覺得這一切都是「對」的。

「如果說你以前是隻鎖在殼子裡的烏龜，那麼現在就是被別人拿了根胡蘿蔔吊在前面才會走的蠢驢。你自己不會主動向前走嗎，笨蛋！」二叔罵罵咧咧地收拾店鋪，最後上車「砰」地一聲甩上車門，「越說越火，媽的，真沒出息！」

我沉默地跟了上去，低著頭，在副駕駛座上百無聊賴地把玩著手指。

我和二叔沒再說什麼話，沉默地去澡堂裡洗澡，最後躺進了帳篷——這一夜，我失眠了。

然後破天荒地，我拿出手機，在凌晨一點這種不合適的時間，打了一通電話。

「……怎麼了？」

老爸帶著濃濃睡意的嗓音，從手機裡傳來，「有事？」

「爸，我到底要變成什麼樣子，你才會滿意？」

「哈？」老爸顯然很詫異，「這你別問我啊，你變成什麼樣子，得你自己滿意才行。你打電話來就問這個？」

「二叔說我沒長進，你覺得呢？」

「你覺得他說得不對？」

聽到這句話，我頓時有點不滿，「現在是我問你啊，老爸。」

「可我想先問你。」老爸和我談話時總是不講道理，很霸道地由著他自己，「你覺得，你長進了沒有？」

「……他說得對。」

「這樣啊……」老爸聞言，在電話裡陷入沉默，在我忍不住想要再次開口時，他說話了：「他和你說這句話的時候，我不知道你長進了沒有，但就憑你現在給我的這個答案，我覺得……你還是有點長進的，這個答案滿意嗎？」

我忍不住揚了揚眉毛，心裡有點異樣感，「稍微有點意外，能夠從你嘴裡聽到這些。」

「說說你二叔為什麼這麼說你？我有點好奇。」

本來我打電話之前，便是想和老爸說這件事，現在聽他主動問起，我卻開始猶豫起來。因為我覺得這個話題有點過於私密，我實在不擅長和人聊這個，特別是這麼多年下來，我從來沒和老爸這麼聊過。

「怎麼了，不說話？不會是做錯事不敢和我說吧？」

聽得此言的同時，我想起二叔今晚才和我說的那番話——

「所以『努力』這種東西，前提是『覺悟』，絕不是『無奈』！而『覺悟』這種東西，前提是『勇氣』！可這些東西你現在有嗎？」

我忍不住咬咬牙，將二叔的話跟老爸說了一遍。
「所以說，你打電話來，是想問以後該怎麼辦？」
「……也不是，只是想和你說說、理一下思路，現在腦子裡亂糟糟的。」
「那如今好點了嗎？」
「我不知道。」
「嗯，難得你會打這通電話，那麼，跟你說一件事吧。」
「嗯。」
「你知不知道，為什麼有些學生談了戀愛，成績直線下降；而有些學生談了戀愛，成績卻穩步上升？」
我不是很明白這個問題和我的疑問有什麼關聯，但出於好奇，我還是很識趣地接了一句，「為什麼？」
「因為有些人，僅僅為了自己就可以很努力；而有些人，往往要為了別人，才會發揮出自己真正的能力。」老爸說到這裡，頓了一頓，「所以別太在意你二叔說的話，無論是向著榜樣走，還是獨自向前走，都沒有高下之分。只要能往好的方向發展，不必太在意方式……哦，當然，你也別太過不在意，因為他說的多少還是有道理的。」

老爸在電話裡笑了幾聲，不知道為什麼，我覺得他似乎有些開心。

「所以老爸你想說什麼？」

「先不要光顧著自己猶疑不定，現在，單純地去做一個想要幫助別人的人如何？」

「單純地幫助別人？」

「阿琛，助人便是救己，所以不要去想太長遠的事，仔細想想你現在最想做的是什麼、你能夠做到什麼。」

我悵然若失地掛掉電話，發現還有百分之六十的電量。我點開LINE，心血來潮地打開和林曉霖的對話群組，從認識第一天開始的紀錄，一點點地掃下來。

我看到她發了好多自己拍的照片給我，我看到自己緊皺著眉頭，和眉間完全舒展的睡容，閉上眼——做下了決定。

第二天我去醫院的時候，昨天的尷尬氛圍已經消散得差不多，我們的交流變得自然而隨意。我試著讓林曉霖自己吃東西，令她習慣在看不見東西的情況下，用叉匙自力進食——她總是要學會的。

這是一件很殘酷的事。

生在和平年代的我們，最大的幸福就是可以在衣食無憂的基礎上，還能擁有除了「活下去」之外，追逐一些理想的權利。林曉霖一直以來都做得很好。

直到這一次車禍，她失去了追逐「攝影」這個理想的權利，甚至，她連吃飯這種事，都要從頭開始學起。

當林曉霖的嘴角再一次沾到醬汁、我拿出餐巾紙替她擦去時，她說道：「我突然……有點害怕出院欸……」

「怎麼了？」

「我今年十七歲，以前從來沒發覺『看不見』會這麼不方便……從那一天起，我從小到大學的東西，除了還能說話之外，好像什麼都不會了，什麼都做不到了。」

「可是我覺得妳不會害怕這些。」

「你真的把我想得很強大呢……」林曉霖忍不住笑出聲，最近幾天她很少笑得那麼開心，但她的笑容很快就收斂了下去，「的確，這些都不可怕。我最害怕的是，我不知道我以後還能學會什麼、還能做什麼。」

是時候了吧……

我認真地注視對方。

「曉霖，妳一定沒有過過像我這樣的頹廢日子吧？」

「嗯？」

「上學前還會想東想西，但上學後，這個『我不知道我以後還能學會什麼、還能做什麼』的狀態，一直到現在都沒有變呢，一直都是在耍廢。」

「是嗎？感覺好浪費呢……」

「嗯，而在遇見妳的時候，我才發現，找到目標本身，就已經是一種能力了。」

我望著林曉霖的臉，看到她沒有焦距的雙眼放空般地注視前方，卻什麼都看不到的樣子，心酸之餘，也由衷地稱讚著她，「妳真的好厲害。」

也許是看不見的關係，讓她的心緒發生了變化。以往稱讚她，她估計只會得意地向我皺一皺鼻子，而這一次，她卻臉紅了。

「也、也沒有啦……」

「後來我想了很長一段時間，為什麼妳可以這麼輕易地就認定目標，並為之毫不猶豫地努力著，而我，今年十九歲，卻還是毫無頭緒。我很羨慕妳，就算這一個多月我看了各式各樣的人和事，也依舊沒什麼頭緒。因此曉霖，妳以前找到的未來，靠的並不是妳的眼睛。」

「我知道你想安慰我，謝謝。」林曉霖道謝後，卻微微嘟起了嘴，「……就算你這麼說，如果沒有眼睛的話，我也不會選擇攝影啊……」

「確實，妳曾經選中攝影，看得見的確是其中一個條件。但，攝影也僅僅是其中一個選擇而已。我覺得，如果妳是天生失明的人，也會找到一條自己喜歡的路。」

「……雖然沒什麼根據，不過還是謝謝。」

「有根據喔……」

「嗯？」

「我決定回去讀書，明年去考複關大學攝影系。」我看到林曉霖的臉一下子失去了血色，變得無比蒼白，我心中一緊，忍不住伸出手握住她冰涼的手，「我是個沒有方向感的人，我耍廢耍了整整十九年，我的這雙眼睛沒有帶給我任何幫助，幫助我找到方向的，是妳。我遇見了妳，才會鼓起勇氣想要去試一試，妳就是我的夢想本身。

「所以我不希望妳變成我曾經的樣子，但如果妳真的受不了，那就去吧。想要耍廢、想要無聊、想要什麼都不做都沒關係，就算妳找不到夢想也沒關係，但妳聽著，林曉霖，遲早我會努力走一遍妳原來走的路，再回來把走上我的路的妳，拉回來。」

我緩和口氣，「就像妳對我做的那樣，這次，輪到我拉妳一把了。我會讓妳知道，一個叫做林曉霖的女生，到底可以優秀到什麼地步，我一定可以為妳找到妳的夢想，絕不會比攝影差！」

我的話說完了，病房裡陷入沉默，我忐忑不安地等待林曉霖的回應。

昨天晚上我想了很多，但唯一想到的就是這個。我不知道林曉霖是否喜歡我這樣做，但不論她喜歡與否，我都已經這麼決定了；因為做下這個決定的時候，我很詫異地發現，這一次，想要努力的衝動，是有生以來從未有過的。

我心裡的那團火自我下決定的那刻起，燒得極旺，卻再也沒有以往的煩躁，有的只是一種無與倫比的興奮感和使命感。

我突然想起父親和我說的話——

「有些人，往往要為了別人，才會發揮出自己真正的能力。」

沒錯，我本身是一個得過且過的人，所以為了自己，總是提不起興致。小時候不用功讀書，只知道敷衍苟且應付父母時，往往會被氣急的父母說：「你讀書可不是為了我們，是為了你自己！騙我們有意義嗎？」

讀書的確不是為了父母，但我當時騙人，是為了應付父母，來讓自己好過一些，因此歸根究柢，還是為了自己。從小到大，我所做的一切，似乎都是為了自己。

而這一次，是第一次為了別人而做下決定。

「你別和我說你有，連喜歡人家都不敢承認，你說個屁啊！連自己為什麼做這些事都不敢去想，你說個屁啊！」

「『努力』這種東西，前提是『覺悟』，絕不是『無奈』！而『覺悟』這種東西，前提是『勇氣』！可這些東西你現在有嗎？」

二叔昨晚的話讓我無言以對，而在今天，當我握著林曉霖在我掌心中逐漸回暖的手時，心底出現了一種莫名其妙的衝動，腦海中閃過和林曉霖那天看的電影。

「但、但是……」我的心跳開始加速，說話也不由自主地開始結巴，一瞬間倒是和電影裡的那個人呈現出一種詭異的重合感，「如果大家都完成夢想的話……就、就……請和我結婚吧！」

「哎？」林曉霖愣住了，那小嘴微張的樣子，彷彿回到了初見時的嬌憨。

「哎？」我也愣住了。

氣氛一下子變得無比尷尬，遠比昨天我抱了林曉霖之後還要尷尬。空氣中彷彿布滿了癢癢粉，讓我渾身的皮膚都開始發麻發癢，感覺自己的臉在一瞬間變得無比脹熱。

我應該是臉紅了，但好在林曉霖沒有看到。

不過，她的臉……也好紅啊……

最後，那完全複製電影的可笑表白方式，沒有得到和電影裡一樣的回應。我完全不記得自己是怎麼走出那間病房、渾渾噩噩地上了二叔的車，但好在沒有被明確地拒絕。

「傻笑什麼呢？」二叔的聲音冷不防地在身旁響起，「吃春藥啦？」

我猛地驚醒過來，轉過頭看向二叔。也許是剛吃過東西，他的嘴裡叼著一根牙籤。

「啊？呃，沒、沒什麼。」

二叔盯著我的臉良久，然後露出了讓我毛骨悚然的笑容，「阿琛，看不出來，有兩下子啊……」

「哈？什、什麼啊……她又還沒……」

不好！說漏嘴了！

果然，二叔臉上的笑容更詭異了，他意味深長地重複並且補充我的話：「喔，還沒答應啊……」

二叔猜得好準……

「我懶得跟你扯！」

我轉過頭看向車窗外，不再理他，只覺得臉上火辣辣地燒得厲害。

之後的幾天，我發現林曉霖似乎振作了不少，這讓我很開心。但關於那幾乎照搬電影情節的意外表白，我和她都刻意迴避了，這讓我多少有點失落。

直到林曉霖要出院了，我明白這一段相處期已經告一段落，而我終究不想讓之前的意外成為彼此的負擔。

所以在她出院的前一天，我忍著尷尬向她說道：「呃，之前的，那件事，別介意，不用當一回事。」

「哪件事？」

「呃……就是結婚啊之類的。」

林曉霖一愣，然後不滿地說：「喔，原來那時候是哄我的喔？」

「呃，我不是那意思，只是意外而已……」

「表白都照搬電影，沒誠意。」林曉霖嘟囔了一句，卻有點臉紅，「居然對女孩子說這些，但我才不會不當一回事呢……」

「嗯？」聽到這句話，我有點摸不準林曉霖到底是什麼意思。

「我決定啦。」

「嗯？」我心裡莫名生出了些許期待。

「我不想被你轉身回來、帶到你想讓我看到的路上，我要自己找，我才不會耍廢！」

原來是指這個嗎？

聽到這句話，我雖然很高興，多少還是有點失望，但我迅速調整好自己的情緒，輕輕點頭，「嗯，那最好不過。」

而這時，林曉霖話鋒一轉，「但是呢……」

「嗯？」

她轉過頭對著我，眼中雖然沒有焦距，但我依然能看到自己的身影倒映在她的眼中，「我雖然不要你回來帶我，不過，請等等我喔，我要重新找到方向，可能……還需要一點時間，所以、所以呢……」

她的臉微微發紅，很認真地說道：「你一定要等著喔……」

聽著她說的這些，讓我忍不住想起那部和她一起看過的電影──

於是我開口了，竭盡全力、以最認真的口吻點頭說道：「嗯，我先走一步，但我會等著妳。」

下個轉角，我會等妳。

一直等妳。

後記

感謝購買本書的讀者們。

這是我第一次寫單行本，希望各位喜歡。

這本書的靈感來自於我的一位沒什麼幹勁、也不太合群的頹廢同學。

因為我以前也有過一段類似的經歷，或者說……有生以來，我大部分的時間都是這個狀態。不過幸好已經走出來了。

而正因為走出來了，才分外有一種感同身受，並且想要去幫助這些人的衝動。但因為能力有限，只能以寫作的方式來盡力表達自己的看法。所以與其說小說，倒不如是給那些找不到方向感的人的一封信。

這本書儘管不算複雜，但老實說，是我出書以來，感覺寫得挺艱難的一本。因為多少想起了自己以前的狀態、一些不太好的回憶，在最近這段創作期間的生活中，時不時有一種被過去綁住手腳的感覺。

可也是因為這個，會有一種在和曾經的自己對話的錯覺，並由衷地為曾經的自己感到恐懼。但後來想想，其實沒什麼好怕的。

因為很多時候真的僅僅是差一步而已。

只要願意邁出第一步，就一定會出現新的可能性，改變隨時都可以，雖然最終效果會因為階段不同，多少會存在一定的差異。

而我晚了一些，所以失去了很多年的快樂。

可我很慶幸，我的快樂在未來還有不少，每當想到這點，我就會變得更快樂。

我想用這本書對和曾經的自己一樣，對現狀感到困惑的人們說——人生不存在SSS評價的完美通關，過去的存檔決定不了你未來的等級。

就算等級不到、打不過BOSS，現在把迷宮多刷幾遍一樣沒問題。

所以放輕鬆，我們可以慢慢加油。

千川

翼想本

轉角食光

著者／千川
發行人／黃鎮隆
副理／洪琇菁
執行編輯／洪琇菁
企劃宣傳／邱小祐、劉宜蓉
封面插畫／Ooi Choon Liang
副總經理／陳君平
國際版權／黃令歡
美術編輯／陳又荻
內文排版／謝青秀

出版／城邦文化事業股份有限公司　尖端出版
台北市中山區民生東路二段一四一號十樓
電話：（〇二）二五〇〇—七六〇〇
傳真：（〇二）二五〇〇—二六八三
E-mail：7novels@mail2.spp.com.tw

發行／英屬蓋曼群島商家庭傳媒股份有限公司城邦分公司　尖端出版
台北市中山區民生東路二段一四一號十樓
電話：（〇二）二五〇〇—七六〇〇（代表號）
傳真：（〇二）二五〇〇—一九七九

中彰投以北經銷（含宜花東）／楨彥有限公司
電話：（〇二）八九一九—三三六九
傳真：（〇二）八九一四—五五二四

雲嘉經銷／威信圖書有限公司　嘉義公司
電話：（〇五）二三三—三八五二
傳真：（〇五）二三三—三八六三
客服專線：〇八〇〇—〇二八—〇二八

南部經銷／威信圖書有限公司　高雄公司
電話：（〇七）三七三—〇〇七九
傳真：（〇七）三七三—〇〇八七

香港經銷／城邦（香港）出版集團有限公司
香港灣仔駱克道一九三號東超商業中心1樓
電話：（八五二）二五〇八—六二三一
傳真：（八五二）二五七八—九三三七
E-mail：hkcite@biznetvigator.com

馬新經銷／城邦（馬新）出版集團Cite（M）Sdn. Bhd.
E-mail：cite@cite.com.my

法律顧問／王子文律師　元禾法律事務所
台北市羅斯福路三段三十七號十五樓

二〇一七年一月一版一刷
二〇二〇年六月一版六刷

■中文版■

郵購注意事項：
1. 填妥劃撥單資料：帳號：50003021戶名：英屬蓋曼群島商家庭傳媒(股)公司城邦分公司。2. 通信欄內註明訂購書名與冊數。3. 劃撥金額低於500元，請加附掛號郵資50元。如劃撥日起 10～14日，仍未收到書時，請洽劃撥組。劃撥專線TEL：(03) 312-4212 ・ FAX：(03) 322-4621。E-mail：marketing@spp.com.tw

國家圖書館出版品預行編目資料

轉角食光 / 千川作.
—1版. —臺北市：尖端出版，2017.1-
冊；公分
ISBN 978-957-10-7154-1(平裝)

857.7　　105022060